古詩二百首

蘇志誠／編譯

前言

本書能夠完成，要感謝多位學者專家與他們的著作。這些學者專家有呂自揚老師、夏昆老師、戴君仁教授、滕志賢教授、馮保善教授、邱燮友教授、陶文鵬教授、康震教授、費勇教授、洪業教授、金雪飛教授。

他們的著作依序是《歷代詩詞名句析賞探源》、《最美的國文課——唐詩》、《詩選》、《新譯詩經讀本》、《新譯古詩源》、《新譯唐詩三百首》、《新譯宋詩三百首》、《蘇東坡》、《這僅有的人生，一定要讀蘇東坡》、《杜甫——中國最偉大的詩人》、《通天之路：李白》。

民國113年1月11日于虎尾

目錄

一、擊壤歌——佚名

詩文

日出而作，日入而息，鑿井而飲，耕田而食。帝力於我何有哉！

白話文

太陽出來就工作，太陽下山就休息。挖井打水喝，種田才有飯吃。皇帝根本管不到我。

注釋

一、壤：古代一種玩具名，用三、四寸長木片製成。二、帝力：皇帝權力。

延伸閱讀

這是一首上古時代民間歌謠，相傳產生於帝堯時期。先民日出而作，日入而息，自由自在生活，天高皇帝遠。

二、關雎——詩經

詩文

關關雎鳩，在河之洲。窈窕淑女，君子好逑（ㄑㄡˊ）。

白話文

在黃河的沙洲上，雎鳩不停的叫著。美麗善良的姑娘，是年輕小伙子的好對象。

注釋

一、關關：鳥叫聲。二、雎鳩：水鳥名。三、窈窕：美麗善良。四、君子：青年貴族。五、逑：配偶。

延伸閱讀

詩經是中國最早的詩歌集，收集從西周初年到春秋中期，大約五百年間民間歌謠。經春秋晚期孔子刪訂後，一共有三百零五篇。

三、桃夭——詩經

詩文

桃之夭夭，灼灼其華，之子于歸，宜其室家。

白話文

桃樹長得很茂盛，開出鮮豔的花朵。這位姑娘要出嫁，一定會使家庭美滿幸福。

注釋

一、夭夭：美盛的樣子。二、灼灼：鮮豔的樣子。三、華：花。四、之：此。五、子：女子。六、歸：出嫁。七、室家：家庭。

延伸閱讀

成語「逃之夭夭」，就是從桃之夭夭演變而來。

四、碩人——詩經

詩文

手如柔荑，膚如凝脂，領如蝤（ㄑㄡˊ）蠐（ㄑㄧˊ），齒如瓠（ㄏㄨˋ）犀，螓（ㄑㄧㄣˊ）首蛾眉，巧笑倩兮，美目盼兮。

白話文

兩手像白茅的嫩芽，皮膚像凝結的脂肪，脖子像天牛的幼蟲一樣白，牙齒像瓠瓜的瓜籽，潔白而整齊，頭部像螓，眉毛像蠶蛾，笑起來出現酒窩，眼睛黑白分明。

注釋

一、柔荑：白茅的嫩芽。二、凝脂：凝結的脂肪。三、領：脖子。四、蝤蠐：天牛的幼蟲。五、瓠犀：瓠瓜瓜籽。六、螓：蟬的一種，方頭廣額。七、蛾：蠶蛾，觸鬚細長而彎曲。八、倩：美麗酒窩。九、盼：眼睛黑色分明。

延伸閱讀

本詩是筆者所看過，中國古代對美女最具體、最細緻的描寫。據專家考證，她是春秋時代衛莊公夫人，被稱爲莊姜的美女。

五、狡童——詩經

詩文

彼狡童兮，不與我言兮。維子之故，使我不能餐兮。彼狡童兮，不與我食兮。維子之故，使我不能息兮。

白話文

那個狡猾的討厭鬼，不和我說話了。因爲你的緣故，使我吃不下飯。那個討厭鬼，不和我一起吃飯。因爲你的緣故，使我睡不著覺。

注釋

一、狡童：狡猾的小子。二、息：睡覺。

延伸閱讀

少女情懷總是詩。

六、風雨——詩經

詩文

風雨如晦（ㄏㄨㄟˋ），雞鳴不已。既見君子，云胡不喜？

白話文

風雨交加的夜晚，公雞不停地叫。終於看到丈夫回來了，怎麼不高興呢？

注釋

一、晦：天色黑暗。二、君子：丈夫。三、云：語助詞。四、胡：何。

七、子衿——詩經

詩文

青青子衿（ㄐㄧㄣ），悠悠我心。縱我不往，子寧不嗣音？

白話文

你的衣領青又青，我的憂思長又長。即使我不去找你，你難道不給我一些訊息。

注釋

一、子：你。二、衿：衣領。三、悠悠：綿長的樣子。四、寧：何。五、嗣：給予。

八、蟋蟀——詩經

詩文

蟋蟀在堂，歲聿（ㄩˋ）其逝。今我不樂，日月其邁。

白話文

蟋蟀已進入屋內，一年快要過去。今天我再不行樂，光陰即將流失。

注釋

一、歲：年。二、聿：語助詞。三、其：將。四、邁：去。

延伸閱讀

現任高雄市長陳其邁，他的名字可能取自《詩經》。

九、蒹葭——詩經

詩文

蒹葭（ㄐㄧㄢ ㄐㄧㄚ）蒼蒼，白露為霜。所謂伊人，在水一方。遡（ㄙㄨˋ）洄從之，道阻且長。遡游從之，宛在水中央。

白話文

蘆葦一片蒼茫，露水已經變成霜。我所說的那個人，在河水的另一邊。逆著彎曲水路去找她，水路難走又漫長。逆著直流去找她，好像站在水中央。

注釋

一、蒹葭：蘆葦。二、蒼蒼：茂盛的樣子。三、遡：逆流。四、洄：曲水。五、游：直水。

延伸閱讀

此詩展現隱約朦朧之美，被學者認為是中國朦朧詩之祖。

十、伐木——詩經

詩文

伐木丁丁，鳥鳴嚶嚶。出自幽谷，遷于喬木。

白話文

砍伐樹木丁丁作響，鳥兒嚶嚶的叫。從深谷中飛出來，停在高大的樹木上。

十一、采薇——詩經

詩文

昔我往矣，楊柳依依。今我來思，雨雪霏霏。行道遲遲，載渴載飢。我心傷悲，莫知我哀。

白話文

以前我離家當兵的時候，楊柳枝葉搖曳。今天我退伍返鄉，大雪紛紛。走在路上，步履緩慢，又口渴，又飢餓。我很傷心，沒有人知道我的悲哀。

注釋

一、依依：枝葉茂盛的樣子。二、思：語助詞。三、雨：下。四、霏霏：紛紛。五、載：乃、則。

延伸閱讀

這是一首寫軍人離鄉日與返鄉日的詩，讀來令人鼻酸。

十二、大風歌——劉邦

詩文

大風起兮雲飛揚，威加海內兮歸故鄉，安得猛士兮守四方。

白話文

大風刮起，亂雲飛揚。威震天下，回到故鄉。那裡才能招募到英勇的戰士，鎮守四方。

注釋

一、故鄉：劉邦，沛人。今江蘇省沛縣。

延伸閱讀

劉邦率軍平定英布叛亂後，途經沛縣老家，宴請家鄉父老時，即興唱這首歌。

十三、垓下歌——項羽

詩文

力拔山兮氣蓋世，時不利兮騅（ㄓㄨㄟ）不逝。騅不逝兮可奈何！虞兮虞兮奈若何！

白話文

我的力氣可以把山拔起，我的氣勢可以震懾天下。時局對我不利，我的馬兒停止不前。馬兒停止不前，怎麼辦？虞美人！虞美人！我該怎麼安頓你！

注釋

一、騅：青白兩色相雜的馬。二、逝：前進。三、虞：虞姬，項羽愛妃。

延伸閱讀

垓下之戰，項羽被漢軍包圍。夜間四面楚歌，項羽起飲帳中，唱此歌。英雄末路，慷慨悲壯。

十四、和項羽垓下歌——虞姬

詩文

漢軍已略地，四面楚歌聲。大王意氣盡，賤妾何聊生！

白話文

漢軍已經攻占大片土地，四周都聽到楚歌。大王你氣勢已盡，我不會苟且偷生！

注釋

一、略：奪取。二、聊：姑且。

十五、秋風辭——漢武帝

詩文

秋風起兮白雲飛，草木黃落兮雁南歸。蘭有秀兮菊有芳，懷佳人兮不能忘。汎樓船兮濟汾河，橫中流兮揚素波。簫鼓鳴兮發棹（ㄓㄠˋ）歌，歡樂極兮哀情多，少壯幾時兮奈老何。

白話文

秋風刮起來，白雲飛揚。草木枯黃掉落，雁群南飛。蘭花秀美，菊花芬芳。懷念美人，不能忘記。樓船飄蕩，渡過汾河，橫過中流，濺起白色水花。簫鼓齊鳴，唱起船歌。歡樂到極點，轉爲悲情。年輕能有多久，面臨衰老，莫可奈何。

注釋

一、汎：漂浮。二、樓船：兩層以上的大船。三、素：白色。四、棹：船。

延伸閱讀

這首詩是漢武帝元鼎四年（西元前一一三年），巡視河東（今山西省），船行汾河時，與群臣宴飲時所作。

十六、悲愁歌——劉細君

詩文

吾家嫁我兮天一方，遠託異國兮烏孫王。穹（ㄑㄩㄥ）廬爲室兮氈爲牆，以肉爲食兮酪爲漿。常思漢土兮心內傷，願爲黃鵠兮還故鄉。

白話文

我家把我嫁給烏孫王，烏孫是非常遙遠的國家。這裡以蒙古包爲房子，以毯子爲牆壁。三餐吃牛羊肉，喝牛羊奶。平時經常想念祖國，內心非常悲傷。希望能變成天鵝，飛回故鄉。

注釋

一、烏孫：漢時西域國名，位於今新疆天山北路。二、穹廬：蒙古包。三、氈：毛毯。四、酪：牛羊奶製成的飲料。五、黃鵠：天鵝。

延伸閱讀

劉細君是漢武帝時江都王劉建的女兒，武帝爲寵絡烏孫，把她嫁給烏孫王昆莫。昆莫年紀已大，加上言語不通，細君傷心作此歌。

十七、白頭吟——卓文君

詩文

皚（ㄞˊ）如山上雪，皎如雲間月。聞君有兩意，故來相決絕。今日斗酒會，明日溝水頭。躞（ㄒㄧㄝˋ）蹀御溝上，溝水東西流。淒淒復淒淒，嫁娶不須啼。願得一心人，白頭不相離。竹竿何嫋（ㄋㄧㄠˇ）嫋，魚尾何簁（ㄕ）簁。男兒重意氣，何用錢刀爲。

白話文

我對你的愛，像山上的雪一樣雪白，像雲間月亮一樣皎潔。聽說你最近有三心兩意，所以特別來和你絕交。今日備酒相會，明天御溝頭訣別。御溝旁各行一方，以後像溝水，一邊向東流，一邊向西流。悲傷啊！悲傷啊！女生嫁人不須哭哭啼啼。只希望男生愛情專一，白頭偕老，永不分離。釣魚竿輕輕的搖曳，釣上的魚兒尾巴還拍擊水面。男子漢應該重意氣，怎能爲錢就另娶別人。

注釋

一、皚：霜雪潔白的樣子。二、皎：月光明亮的樣子。三、斗：古代盛酒器具。四、躞蹀：小步慢行的樣子。五、御溝：流經御苑或環繞宮牆的溝渠。六、嫋嫋：風吹搖曳的樣子。七、簁簁：形容魚躍時，尾擊水面的聲音。八、錢刀：錢。古代銅錢鑄成刀形。

延伸閱讀

司馬相如和卓文君的愛情故事，千古傳誦。可是司馬相如後來爲了金錢，打算娶茂陵富豪的女兒爲妾，卓文君寫這篇白頭吟表示決絕，司馬相如最後打消念頭。

十八、別留妻——蘇武

詩文

結髮爲夫妻，恩愛兩不疑。歡娛在今夕，燕婉及良時。征夫懷遠路，起視夜何其。參辰皆已沒，去去從此辭。努力愛春華（ㄏㄨㄚ），莫忘歡樂時。生當復來歸，死當長相思。

白話文

我們兩人成年結婚以來，一向恩愛，信任對方。今天晚上歡樂愉快。離別前夕，更是難分難捨。明天我就要上戰場了，起來看時辰，星星都不見，天亮了，我們從此要告別。以後我就要上戰場，將來能不能相見，都是未知數。握著你的手，長長嘆息，眼淚爲生離死別流出來。希望你好好珍惜青春，不要忘記我們歡樂時光。如果我活著，一定會回來。如果我死了，一定永遠懷念你。

注釋

一、結髮：成年。古代男子二十歲束髮加冠，女子十五歲束髮加笄。二、燕婉：男女親愛的樣子。三、其：語助詞。四、參辰：兩顆夜間才出現的星宿。五、春華：年輕的時候。

延伸閱讀

蘇武牧羊北海（今俄羅斯貝加爾湖）邊。他的夫人整整爲他守活寡十九年，上天對他們夫妻太慘忍了。

十九、別歌——李陵

詩文

徑萬里兮度沙漠，爲君將兮奮匈奴。路窮絕兮矢刃摧，士眾滅兮名已隤（ㄊㄨㄟˊ）。老母已死，雖欲報恩將安歸。

白話文

行軍萬里，橫越沙漠。身爲國軍領袖，率兵討伐匈奴。最後窮途末路，刀劍折斷，全軍覆沒，聲名掃地。母親死了，做兒子的雖想報恩，往哪裡報？

注釋

一、徑：經過。二、奮：攻打。三、摧：折。四、隤：毀。

延伸閱讀

李陵是西漢名將李廣的孫子。武帝時，兵敗投降匈奴。昭帝時，漢匈和解，匈奴放歸扣押十九年的蘇武。行前李陵設宴餞別，作此歌。

二十、北方有佳人——李延年

詩文

北方有佳人，絕世而獨立。一顧傾人城，再顧傾人國。寧不知傾城與傾國，佳人難再得。

白話文

北方有一位美女，世上獨一無二。她的眼睛看了一眼城市，城市立刻崩塌。再看一眼國家，國家立刻滅亡。難道不知道能傾城與傾國的美女，絕無僅有。

注釋

一、絕世：世上沒有。二、顧：看。三、寧：豈。

延伸閱讀

李延年是漢武帝時的宮廷樂師，通音律，善歌舞。詩中的絕世佳人是他的妹妹，也就是後來漢武帝寵姬李夫人。

二一、怨詩——王昭君

詩文

秋木萋萋，其葉萎黃。有鳥處山，集于苞桑。養育毛羽，形容生光。既得升雲，上遊曲房。離宮絕曠，身體摧藏。志念抑沉，不得頡頏（ㄐㄝˊ ㄏㄤˊ）。難得委食，心有徊徨。我獨伊何，來往變常。翩翩之燕，遠集西羌。高山峨峨，河水泱泱。父兮母兮，道里悠長。嗚呼哀哉，憂心惻傷。

白話文

秋天樹木感受到涼意，葉子慢慢枯黃。山裡有一隻鳥兒，停留在桑樹上，養育羽毛，慢慢地容光煥發。後來獲准登上雲層，遊覽密室。皇帝的行宮，面積廣大，遠離民間。這隻鳥兒身體飽受摧殘，意念消沉，沒有飛行自由。雖然有東西吃，內心卻徬徨無比。我到底是何物，改變故常，成爲現在情況。翩翩飛翔的燕子，飛到西方的羌族部落，當地高山聳立，河水深廣。父親啊！母親啊！離我千萬里路，唉呀！太傷心了！

註釋

一、萋萋：寒涼的樣子。二、苞桑：桑樹樹幹。三、曲房：密室。四、曠：廣大。五、摧藏：摧殘。六、頡頏：上下飛。七、委食：餵食。八、伊：是。九、翩翩：飛翔的樣子。十、峨峨：廣峻的樣子。十一、泱泱：深廣的樣子。

延伸閱讀

昭君和番的故事，讀者都耳熟能詳。此詩用比喻象徵的筆法，娓娓道來，幽怨哀傷。

二二、歸風送遠操——趙飛燕

詩文

涼風起兮隕霜，懷君子兮渺難忘，感予心兮多慨慷。

白話文

涼風吹起來呀！天開始降霜。想念我的他呀！希望很渺茫。內心眞的感慨呀！激動不已。

注釋

一、隕：降。二、渺：遼遠。三、慨慷：感慨。

延伸閱讀

趙飛燕是漢成帝皇后，身材苗條，能歌善舞，也喜歡彈琴，歸風送遠操是他喜歡的曲子。

二三、悼子詩——孔融

詩文

遠送新行客，歲暮乃來歸。入門望愛子，妻妾向人悲。聞子不可見，日已潛光輝。孤墳在西北，常念君來遲。褰（ㄑㄧㄢ）裳上墟丘，但見蒿與薇。白骨歸黃泉，肌體乘塵飛。生時不識父，死後知我誰。孤魂遊窮暮，飄颻安所依。人生圖嗣息，爾死我念追。俛（ㄈㄨˇ）仰內傷心，不覺淚沾衣。人生自有命，但恨生日希。

白話文

遠道送走新出行的客人，年底才回家。進門找兒子，妻妾很傷心，說兒子已經往生了，就像太陽沒有光輝一樣。「孩子的墳墓就在城的西北方，你回來太晚了。」我提著衣服的下擺到墳場，只看到滿地都是野草。孩子的遺骨埋在地下，肌肉想必已經跟塵埃一起飛走了。生前沒見過我，死後更不可能知道我是誰。孩子的靈魂歲末到處遊蕩，最後要飄到何方？人人都希望繁衍子孫，你死了，我很懷念。我太傷心，不知不覺留下淚來。人生每個人命運都不同，只是遺憾你活的日子太短了。

注釋

一、行客：出行的客人。二、人：作者自己。三、褰：提起。四、墟丘：墳場。五、窮暮：歲末。六、嗣息：子孫。

延伸閱讀

孔融是孔子第二十代嫡孫。他六歲就知道讓梨，長大後名滿天下，曾是建安七子之一。孔子的第七十九代嫡孫孔垂長，目前定居臺灣，由中華民國政府授予「孔聖奉祀官」的世襲官職。

二四、梁甫吟——諸葛亮

詩文

步出齊東門，遙望蕩陰里。里中有三墳，纍纍正相似。問是誰家墓，田疆古冶子。力能排南山，又能絕地紀。一朝被讒言，二桃殺三士。誰能爲此謀，國相齊晏子。

白話文

走出齊國首都東城門，遠看蕩陰里。里中有三座墳墓，接連在一起，每座都很像。問路人那是誰家的墓，原來是田開疆、古冶子、公孫接。三個人力大到可以推倒南山，又能夠扭斷地脈。一天被讒言所害，二桃殺三士。誰能出這個主意，就是齊國宰相晏嬰。

注釋

一、蕩陰里：在齊國首都臨淄東南。二、纍纍：連綿的樣子。三、南山：即牛山。四、地紀：地脈。五、晏子：晏嬰。

延伸閱讀

「二桃殺三士」的故事是這樣的：田開疆、古冶子、公孫接是春秋時代齊景公的三位勇士。有一天，晏嬰從三人前面經過，三人沒有起立致敬。晏嬰就向景公進讒言，說

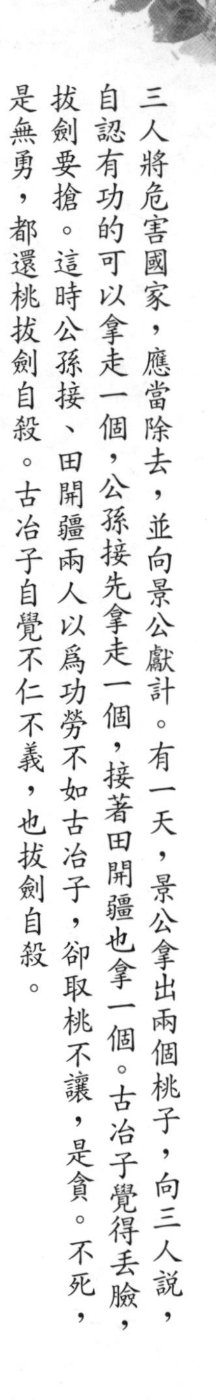

三人將危害國家，應當除去，並向景公獻計。有一天，景公拿出兩個桃子，向三人說，自認有功的可以拿走一個，公孫接先拿走一個，接著田開疆也拿一個。古冶子覺得丟臉，拔劍要搶。這時公孫接、田開疆兩人以爲功勞不如古冶子，卻取桃不讓，是貪。不死，是無勇，都還桃拔劍自殺。古冶子自覺不仁不義，也拔劍自殺。

二五、青青河畔草——古詩十九首之一

詩文

青青河畔青，鬱鬱園中柳。盈盈樓上女，皎皎當窗牖（ㄧㄡˇ）。娥娥紅粉妝，纖纖出素手。昔為倡家女，今為蕩子婦。蕩子行不歸，空床難獨守。

白話文

青翠的河邊草，濃鬱的庭園柳樹。樓上一位美女，打扮得姣美漂亮，兩隻手纖細柔長。以前是歌舞女郎，現在是浪子的太太。浪子遠行沒有回家，我一個人難以獨守空房。

注釋

一、鬱鬱：茂盛的樣子。二、盈盈：體態輕盈的樣子。三、窗牖：窗戶。四、娥娥：嬌美的樣子。五、倡家女：歌舞女郎。六、蕩子：遠行在外，流浪不歸的男子。

延伸閱讀

古詩十九首是漢代民間歌謠，作者已不可考。

二六、迢迢牽牛星——古詩十九首之二

詩文

迢（ㄊㄧㄠˊ）迢牽牛星，皎皎河漢女。纖纖擢（ㄓㄨㄛˊ）素手，札札弄機杼（ㄓㄨˋ）。終日不成章，泣涕零如雨。河漢清且淺，相去復幾許。盈盈一水間，脈脈不得語。

白話文

天上遙遠的牽牛星，面對銀河對岸潔白的織女星。織女擺動纖細雙手，札札的織布。整天織不出一匹布，眼淚不停地流下。銀河又清又淺，兩人離開又很遠，只能脈脈相視，講不了話。

注釋

一、迢迢：遙遠的樣子。二、擢：擺動。三、札札：織布的聲音。四、杼：織布的梭子。五、章：一定的長度。六、零：落。七、盈盈：清淺的樣子。八、脈脈：相視的樣子。

延伸閱讀

七夕中國情人節，就是紀念牛郎織女一年一度的相會。

二七、生年不滿百——古詩十九首之三

詩文

生年不滿百，常懷千歲憂。晝短苦夜長，何不秉燭遊。爲樂當及時，何能帶來茲。愚者愛惜費，但爲後世嗤（ㄔ）。仙人王子喬，難可與等期。

白話文

人的壽命不過幾十年，卻經常活在憂愁煩惱中。白天短暫，夜晚漫長，爲什麼不點蠟燭夜遊。行樂就要在當下，怎能等待來年。傻瓜才不敢花錢，這種人會被後代的人嘲笑。王子喬成仙的故事，我們凡夫俗子根本想都不要想。

注釋

一、秉：拿。二、茲：年。三、費：錢財。四、嗤：笑。五、王子喬：傳說周靈王時仙人名。六、等期：一樣期待。

延伸閱讀

這首詩強調人要樂天知命，活在當下，即時行樂。

二八、上山採蘼蕪——漢古詩之一

詩文

上山採蘼蕪，下山逢故夫。長跪問故夫，新人復何如。「新人雖言好，未若故人姝。顏色類相似，手爪不相如。新人從門入，故人從閤去。新人工織縑（ㄐㄢ），故人工織素。織縑日一匹，織素五丈餘。將縑來比素，新人不如故。」

白話文

一位婦女上山採香草，下山遇到前夫。長跪問前夫，新娘怎麼樣？前夫說：「新娘雖然不錯，不如你好。外貌都差不多，織布功夫卻比不上你。新娘從大門迎娶進來，你從邊門離開。新娘擅長織黃色的絹，你擅長織素色的絹。織絹一天織四丈，織素一天五丈多。比較起來，新娘不如你。」

注釋

一、蘼蕪：香草名。二、故夫：前夫。三、新人：新娘。四、姝：好。五、顏色：外貌。六、手爪：技藝。七、閤：邊門。八、縑：黃色的絹。九、素絹：白色的絹。十、匹：四丈。

延伸閱讀

古代男女不平等，被休婦女遇到前夫，居然要長跪。今天華人地區婦女在各方面與男人已經平起平坐，這是時代的進步。

二九、十五從軍征——漢古詩之二

詩文

十五從軍征，八十始得歸。道逢鄉里人，「家中有阿誰」？「遙望視君家，松柏冢纍纍。」兔從狗竇入，雉（ㄓˋ）從梁上飛。中庭生旅穀，井上生旅葵。烹穀持作飯，采葵持作羹。羹飯一時熟，不知貽阿誰。出門東向望，淚落沾我衣。

白話文

十五歲離家當兵，八十歲退伍返鄉。回鄉路上遇到同鄉，「我家中還有誰？」「遠遠望去是你家，松柏蒼翠，荒冢累累。」回到家，兔子從狗門進入，野雞在屋梁上飛來飛去。庭院中上長出野生穀子，井上長出野生葵菜。舂穀子做飯，採葵菜做湯。飯菜做好了，不知要送給誰。出門向東望，不覺老淚縱橫，沾濕衣服。

注釋

一、阿：發語詞。二、柏：柏樹。三、冢：墳墓。四、竇：洞。五、雉：野雞。六、梁：樑。七、旅：野生。八、貽：送。

延伸閱讀

詩中主人翁當了六十五年的兵，回鄉還要面對這種慘況，戰爭眞的是罪惡的行爲。

三十、匈奴歌——佚名

詩文

失我焉支山，令我婦女無顏色。失我祈連山，使我六畜不蕃息。

白話文

失去焉支山，使我們婦女無法打扮得漂漂亮亮。失去祈連山，使我們家畜不能繁殖。

注釋

一、焉支山：又名胭脂山，在甘肅省山丹縣東南。山上有一種植物，可以提煉成紅色顏料。二、祈連山：橫跨青海、甘肅兩省，山下有廣大草原。三、六畜：牛、羊、馬、豬、狗、雞。四、蕃息：繁殖。

延伸閱讀

漢武帝元狩二年（西元前一二一年），霍去病率軍大敗匈奴，收復河西地，焉支山、祁連山就在此範圍內。

三一、短歌行——曹操

詩文

對酒當歌，人生幾何？譬如朝露，去日苦多。慨當以慷，幽思難忘。何以解憂，惟有杜康。青青子衿，悠悠我心，但為君故，沈吟至今。呦（ㄧㄡ）呦鹿鳴，食野之苹，我有嘉賓，鼓瑟吹笙。明明如月，何時可掇（ㄉㄨㄛˊ）？憂從中來，不可斷絕。越陌度阡，枉用相存。契闊談讌，心念舊恩。月明星稀，烏鵲南飛，繞樹三匝（ㄗㄚ），何枝可依？山不厭高，海不厭深。周公吐哺，天下歸心。

白話文

喝酒唱歌，人能活多久？就像早晨露珠。過去的日子，苦多於樂。歌聲慷慨激昂，還是難以忘掉心中幽愁。如何才能解除憂愁，只有喝酒。你的衣領青又青，我的憂思長又長。因為你的緣故，低吟深思到今天。鹿兒呦呦的叫，吃著原野的苹草。我有尊貴賓客到來，樂隊奏樂歡迎他們。潔白的月光，什麼時候可以把它摘下來。憂愁無端襲來，綿延不絕。貴賓遠道而來，對我問候關懷。久別重逢，大家談心宴飲。月兒明亮，星星稀疏。烏鴉南飛，繞著樹飛三圈，那一枝樹枝可以棲息？山越高越雄偉，海越深越能納百川。周公吐哺的時候，也就是天下人歸心的時候。

註釋

一、杜康：酒。相傳杜康是古代最早發明釀酒的人。二、衿：衣領。三、掇：採。四、阡陌：田間小路。五、枉：自謙之詞。六、存：體恤、慰問。七、契闊：久別。八、談讌：談心宴飲。九、匝：周。十、吐哺：把口中咀嚼的食物吐出來。傳聞周公曾在吃飯時，因客人來訪，三次把口中食物吐出來，到客廳接待客人。

延伸閱讀

蘇東坡有一首卜算子的詞，詞中有一句「揀盡寒枝不肯棲，寂寞沙洲冷。」靈感可能來自曹操短歌行的「繞樹三匝，何枝可依。」

三二、龜雖壽——曹操

詩文

神龜雖壽，猶有竟時。騰蛇成霧，終為土灰。老驥伏櫪，志在千里。烈士暮年，壯心不已。盈縮之期，不獨有天。養怡之福，可得永年。幸甚至哉，歌以詠志。

白話文

神龜雖然長壽，還是有走到生命盡頭的一天。騰蛇雖然能騰雲駕霧，最後還是灰飛湮滅。年紀大的千里馬，雖然委屈在馬廄裡，心裡還是想奔馳千里。烈士晚年，雄心壯志還是不止息。生命的長短，不只是由老天決定。後天調養得宜，心平氣和，也可以享盡天年。太幸福了，特別唱首歌來表達我的心意。

注釋

一、神龜：古人認為烏龜可以活三千年，所以稱龜為神龜。二、竟：終了。三、騰蛇：古代傳說能與龍一樣飛的蛇。三、驥：千里馬。四、櫪：馬廄。五、盈：長。六、縮：短。七、養怡：調養身體，心平氣和。

延伸閱讀

曹操人生閱歷豐富，精通養生之道，但晚年經常爲頭痛所苦。

三三、雜詩——曹丕

詩文

西北有浮雲，亭亭如車蓋。惜哉時不遇，適與飄風會。吹我東南行，行行至吳會。吳會非我鄉，安得久留滯？棄置勿復陳，客子常畏人。

白話文

西北方有一片浮雲，亭亭孤立像車上的傘蓋，可惜時機不好遇到暴風，把我吹向東南方，走著走著到了吳郡、會稽。這裡不是我的故鄉，怎麼可以久留？不要再講了，異鄉遊子經常害怕陌生人。

注釋

一、亭亭：孤立的樣子。二、車蓋：車上的傘蓋。三、飄風：暴風。四、吳會：吳郡、會稽。吳郡在今江蘇省，會稽在浙江省。

延伸閱讀

詩中浮雲比喻遊子。

三四、七步詩——曹植

詩文

煮豆燃豆萁（ㄑㄧˊ），豆在釜中泣。本是同根生，相煎何太急。

白話文

煮豆子時，燒豆子的莖，豆子在鍋裡哭泣。本來都是同根生長出來的，何必這樣互相煎熬。

注釋

一、萁：豆子的莖。二、釜：鍋。三、煎：煎熬。

延伸閱讀

兄弟間相處之道，可以從此詩得到啓發。

三五、從軍行——左延年

詩文

苦哉邊地人，一歲三從軍。三子到敦煌，二子詣隴西。五子遠鬥去，五婦皆懷身。

白話文

苦難的邊疆人，一年間被徵兵三次。三個兒子到敦煌，兩個兒子到隴西。五個兒子都到遠方打仗，五個媳婦都懷有身孕。

注釋

一、三子：三個兒子。二、二子：兩個兒子。三、詣：到。四、隴西：郡名，在今甘肅省西部。

延伸閱讀

左延年，三國魏人。戰爭眞的很可怕，尤其是邊疆地區人民，受害最深。

三六、詠懷之一——阮籍

詩文

夜中不能寐，起坐彈鳴琴。薄帷鑒明月，清風吹我襟。孤鴻號外野，翔鳥鳴北林。徘徊將何見，憂思獨傷心。

白話文

晚上睡不著覺，起來彈古琴。明月照著薄薄的帷帳，清風吹著我的衣襟。落單的鴻雁在野外鳴叫，鳥兒在北邊樹林飛翔。我走來走去不知會看到什麼？心裡很悲傷。

注釋

一、鑒：照。二、襟：衣襟。三、翔鳥：飛鳥。四、北林：北邊樹林。

延伸閱讀

阮籍，建安七子之一。他的名言是「禮豈爲吾設哉？」他曾經哭窮途，也曾經主動申請調任步兵校尉，因爲步兵校尉的廚子很會釀美酒。

三七、林中有奇鳥——詠懷之二——阮籍

詩文

林中有奇鳥，自言是鳳凰。清朝（ㄓㄠ）飲醴泉，日夕棲山崗。高鳴徹九州，延頸望八荒。適逢商風起，羽翼自摧藏。一去崑崙西，何時復迴翔？但恨處非位，愴悢（ㄔㄨㄤˋ ㄌㄧㄤˋ）使心傷。

白話文

森林中有隻奇異的鳥，自稱是鳳凰。清晨喝甘泉，晚上棲息在高山。啼叫聲全中國都聽得到，伸長脖子可以看到全國各地。忽然刮起秋風，羽毛翅膀受到損傷。飛到崑崙山西邊，什麼時候才能飛回來？只恨我所處位置不適合，心裡很是悲傷。

注釋

一、醴泉：甘泉。二、八荒：極遠無人居住之地。三、商風：秋風。四、摧藏：摧殘。五、愴悢：悲傷。

延伸閱讀

鳳凰是中國古代傳說中最高貴的鳥類，是鳥中之王。現實世界中，並沒有鳳凰的存在，但無損於鳳凰在中國人心中的地位。從這首詩，很明顯的可以看出，阮籍把自己比作鳳凰。

三八、讌飲詩——司馬懿

詩文

天地開闢，日月重光。遭逢際會，奉辭遐方。將掃逋（ㄅㄨ）穢，還過故鄉。肅清萬里，總齊八荒。告成歸老，待罪舞陽。

白話文

開天闢地後，日月重見光明。遇到時機，奉命討伐遠方。掃除叛逆後，經過故鄉。肅清海內，統一國家。大功告成，回到舞陽養老。

注釋

一、際會：時機。二、奉辭：奉命。三、遐：遠。四、逋：逃亡。五、總齊：統一。六、八荒：極遠無人居住之地。七、待罪：自謙之詞。八、舞陽：司馬懿曾被封舞陽侯。

延伸閱讀

司馬懿是中國歷史上著名的謀略家，西晉政權的奠基者。魏明帝景初年間，奉命討伐割據遼東的公孫淵。這首詩是他回程經過家鄉河南溫縣時，宴請故舊之作。

三九、歸田園居之一——陶淵明

詩文

少無適俗韻，性本愛丘山。誤落塵網中，一去三十年。羈鳥戀舊林，池魚思故淵。開荒南野際，守拙歸園田。方宅十餘畝，草屋八九間。榆柳蔭後簷（ㄧㄢˊ），桃李羅堂前。曖曖遠人村，依依墟里煙。狗吠深巷中，雞鳴桑樹顛。戶庭無塵雜，虛室有餘閑。久在樊籠裡，復得返自然。

白話文

從小不能適應和世俗大眾在一起，性情喜歡大自然。錯誤踏入官場中，一下子就三十年。籠中鳥想念以前棲息的樹林，池塘裡的魚懷念以前的深潭。在南面開墾荒地，返樸歸真回到田園。住宅旁邊有十幾畝地，蓋了八、九間草房。榆樹、柳樹的樹蔭遮蓋房屋後簷，廳堂前面種了桃樹、李樹。遠處村落依稀模糊，村裡升起裊裊炊煙。狗在長巷裡吠，雞在桑樹上叫。庭院中沒有世俗雜事，家裡有空閒的時間。以前長久關在籠子裡，難得現在可以回歸自然。

注釋

一、俗韻：世俗口味。二、塵網：官場。三、羈鳥：籠中鳥。四、淵：深潭。五、際：空間。六、方：旁。七、曖曖：昏暗的樣子。八、依依：輕柔的樣子。九、墟里：村落。十、塵雜：世俗雜事。十一、樊籠：關鳥獸的籠子。

延伸閱讀

這首詩寫於陶淵明辭去彭澤令後的第二年，欣喜之情，溢於言表。

四十、歸園田居之二——陶淵明

詩文

種豆南山下，草盛豆苗稀。晨興理荒穢，載月荷鋤歸。道狹草木長，夕露沾我衣。衣沾不足惜，但使願無違。

白話文

在南邊山腳下種豆子，雜草叢生，豆苗稀疏。早上到田裡除草，直到月亮升起，才荷著鋤頭回家。農路狹窄，草木長得茂盛，黃昏露水沾濕我的衣服。衣服沾濕沒有關係，只要不要違背我的心願就好了。

注釋

一、荒穢：雜草。

延伸閱讀

從詩中可以看出，陶淵明眞的躬耕田畝，日出而作，日落而息。

四一、別詩——范雲

詩文

洛陽城東西，長作經時別。昔去雪如花，今來花如雪。

白話文

建康城東城西，經常有人在這裡長時間道別。以前離開時，雪像花一樣。現在回來，花像雪一樣。

注釋

一、洛陽：代指當時南朝蕭齊首都建康，即今南京市。二、經時：長時間。

延伸閱讀

這首詩是范雲從廣州刺史任滿回建康，與友人久別重逢時所作。本詩最精采的是「昔去雪如花，今來花如雪」兩句。清代學者評爲「自然得之，故佳。後人學步，便覺有意。」

四二、詔問山中何所有賦詩以答——陶弘景

詩文

山中何所有？嶺上多白雲。只可自怡悅，不堪持寄君。

白話文

山裡面有什麼？多的是白雲。只能夠自己欣賞，不能拿來送陛下。

注釋

一、怡悅：高興快樂。二、堪：盛任、承擔。

延伸閱讀

陶弘景隱居山中，自號華陽隱者。梁朝皇帝經常以國事垂詢，有「山中宰相」之稱。這首詩是回答齊高帝詔問而作。

四三、木蘭詩——北朝民歌

詩文

唧唧復唧唧，木蘭當戶織。不聞機杼聲，惟聞女嘆息。「問女何所思？問女何所憶？」「女亦無所思，女亦無所憶。昨夜見軍帖，可汗大點兵。軍書十二卷，卷卷有爺名。阿爺無大兒，木蘭無長兄。願為市鞍馬，從此替爺征。」東市買駿馬，西市買鞍韉（ㄐㄧㄢ），南市買轡頭，北市買長鞭。朝辭爺孃去，暮宿黃河邊。不聞爺孃喚女聲，但聞黃河流水鳴濺濺。旦辭黃河去，暮至黑山頭。不聞爺孃喚女聲，但聞燕山胡騎聲啾啾。

萬里赴戎機，關山度若飛。朔氣傳金柝（ㄊㄨㄛˋ），寒光照鐵衣。將軍百戰死，壯士十年歸。歸來見天子，天子坐明堂。策勳十二轉，賞賜百千彊（ㄑㄧㄤˊ）。可汗問所欲。「木蘭不用尚書郎。願馳千里足，送兒還故鄉。」爺孃聞女來，出郭相扶將。阿妹聞姊來，當戶理紅妝；小弟聞姊來，磨刀霍霍向豬羊。開我東閣門，坐我西間床，脫我戰時袍，著我舊時裳。當窗理雲鬢，對鏡貼花黃。出門看伙伴，伙伴皆驚惶。同行十二年，不知木蘭是女郎。雄兔腳撲朔，雌兔眼迷離。兩兔傍地走，安能辨我是雄雌？

白話文

木蘭對著門戶織布，不斷發出嘆息聲。沒有聽到梭子的聲音，只聽到女兒嘆息。問女兒想什麼？或者回憶什麼？女兒沒想什麼，也沒有回憶什麼。昨天晚上看到徵兵令，皇帝大徵兵。十二張徵兵令，每一張都有父親的名字。父親沒有兒子，木蘭沒有哥哥。

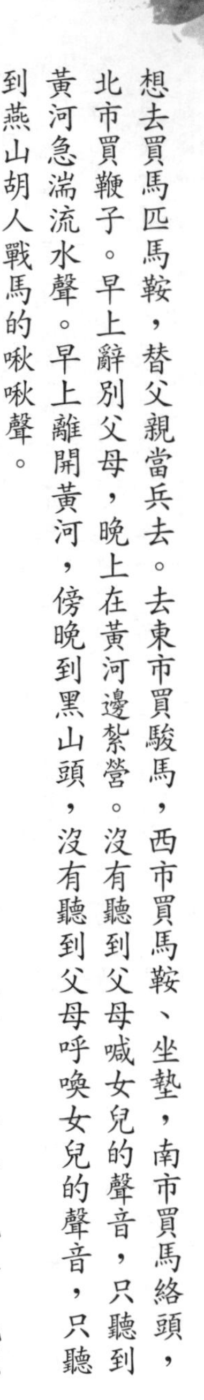

想去買馬匹馬鞍，替父親當兵去。去東市買駿馬，西市買馬鞍、坐墊，南市買馬絡頭，北市買鞭子。早上辭別父母，晚上在黃河邊紮營。沒有聽到父母喊女兒的聲音，只聽到黃河急湍流水聲。早上離開黃河，傍晚到黑山頭，沒有聽到父母呼喚女兒的聲音，只聽到燕山胡人戰馬的啾啾聲。

行軍萬里趕赴前線，飛快經過許多關隘高山。北方冷空氣傳到刁斗上，晚上月光照在盔甲上。統率的將軍身經百戰陣亡了，木蘭在前線打了十年仗才退役返鄉。

回來進見皇帝，皇帝坐在大堂上歡迎。記功十二等，賞賜非常豐厚。皇帝問木蘭有什麼要求，木蘭不要做大官，只希望用千里馬，送我回故鄉。

父母親聽到女兒要回來，互相扶持出城迎接。妹妹聽到姊姊要回來，對門梳妝打扮起來。弟弟聽説姊姊要回來了，霍霍磨刀殺豬羊。回到家，打開東邊房間，坐在西邊房間床上。脱掉我的戰袍，穿上我以前的衣服。在窗戶旁整理頭髮，對著鏡子貼花黃。出門看同袍，同袍都驚訝。在一起十二年，居然不知道木蘭是女兒身。

公兔只顧向前奔跑，母兔眼睛眯眯糊糊。兩隻兔子在旁邊跑，怎能分辨我是公是母？

註釋

一、唧唧：嘆息聲。二、杼：梭子。三、可汗：北方少數民族對君王稱呼。四、爺：父親。五、市：買。六、韉：坐墊。七、轡頭：馬絡頭。八、濺濺：水流聲。九、黑山：在今內蒙古境內。十、啾啾：馬鳴聲。十一、戎：軍。十二、朔氣：北方冷風。十三、金柝：又稱刁斗，白天作鍋，夜晚巡更敲擊用。十四、寒光：月光。十五、明堂：大廳。

十六、策勳：紀功。十七、轉：等級。十八、彊：餘。十九、扶將：扶持。二十、霍霍：磨刀聲。二十一、花黃：婦女面飾。二十二、撲朔：跳躍的樣子。二十三、迷離：不明的樣子。

延伸閱讀

據學者考證，花木蘭代父從軍故事發生在北魏，戰爭對象是北方遊牧民族柔然。全詩用字淺白，行文流暢，是古詩中的珍品。

詩文

敕（ㄔˋ）勒川，陰山下，天似穹（ㄑㄩㄥˊ）廬，籠蓋四野。天蒼蒼，野茫茫，風吹草低見（ㄒㄧㄢˋ）牛羊。

白話文

在敕勒族大草原上，陰山山腳下，藍天很像蒙古包，籠罩四方。藍天蒼蒼，四野茫茫，風兒吹過，青草低伏，看到牛羊忙著吃草。

注釋

一、敕勒：北方遊牧民族名。二、川：平原。三、陰山：山脈名，綿延於今內蒙古南部。四、穹廬：蒙古包。五、籠蓋：籠罩。六、蒼蒼：深藍色的樣子。七、茫茫：遼闊的樣子。七、見：現。

延伸閱讀

筆者有一年夏天到內蒙古旅遊，看到的就是「天蒼蒼，野茫茫，風吹低見牛羊」的景象。

四五、落葉——孔紹安

詩文

早秋驚落葉，飄零似客心。翻飛未肯下，猶言惜故林。

白話文

初秋驚動樹林，使樹葉掉落，飄零時很像遊子的心。在空中飛舞時不肯落下，好像在訴說依戀原來的樹林。

注釋

一、客：旅客、遊子。二、惜：依戀。

延伸閱讀

孔紹安，隋代人，曾任監察御史。

四六、送別詩——佚名

詩文

楊柳青青著地垂，楊花漫漫攪天飛。柳條折盡花飛盡，借問行人歸不歸。

白話文

青青的楊柳葉子下垂到地面，楊花無邊無際的飄在天空中。柳條折完，柳絮飛盡，請問遊子回不回鄉。

注釋

一、漫漫：長遠無邊的樣子。二、柳條折盡：古人送別時有折柳枝的習俗。

延伸閱讀

讀者讀這首詩時，心裡可能有個問號，楊柳有何不同？明代生物學家李時珍說：「楊枝硬而楊起，故謂之楊，柳枝弱而垂流，故謂之柳。」一般人習慣上已經楊柳合稱，因爲兩者外型相似，也都會開花。

四七、詠鵝——駱賓王

詩文

鵝，鵝，鵝，曲項向天歌，白毛浮綠水，紅掌撥清波。

白話文

鵝呀！鵝呀！鵝呀！彎著脖子向天高歌，白色羽毛漂浮在綠水上，紅色腳掌伐著清澈的碧波。

注釋

一、曲項：彎著脖子。二、紅掌：紅色的腳掌。

延伸閱讀

這是初唐四傑之一駱賓王七歲作品，我們只能以天才形容他。

四八、登幽州臺歌——陳子昂

詩文

前不見古人，後不見來者。念天地之悠悠，獨愴（ㄔㄨㄤˋ）然而淚下。

白話文

往前看，看不到古代的人。往後看，看不到以後的人。想到天地無窮無盡，不禁傷心淚下。

注釋

一、悠悠：無窮無盡的樣子。二、愴然：悲傷的樣子。

延伸閱讀

幽州，今天北京市。幽州臺，傳聞就是戰國時代燕昭王召賢的臺址。陳子昂二十四歲考取進士，自覺不受朝廷重用，三十六歲時，登上幽州臺，感慨萬千，作此詩。

四九、回鄉偶書——賀知章

詩文

少小離家老大回，鄉音無改鬢毛衰。兒童相見不相識，笑問客從何處來。

白話文

小時候離開家鄉，年紀大了才回來。鄉土口音不變，兩鬢都已花白。鄉裡小孩不認識我，笑著問我從那裡來？

注釋

一、鬢毛：近耳朵兩頰的頭髮。

延伸閱讀

唐代著名詩人中，賀知章可以說福壽雙全，享盡天年。他生性樂觀，純眞善良，而且慧眼識英雄。第一個稱贊李白是「謫仙人」的他，跟杜甫也很要好。本詩是他以八十六高齡退休回鄉時的作品。他是會稽（今浙江紹興）人。

五十、九月九日憶山東兄弟——王維

詩文

獨在異鄉爲異客，每逢佳節倍相思。遙知兄弟登高處，遍插茱萸少一人。

白話文

自己一個人在外地生活，每次遇到重要節日，就更加想念親人。今天是重陽節，我知道兄弟們都佩戴茱萸登山，就只少我一個人。

注釋

一、茱萸：植物名，古代重陽節人們習慣佩帶牠的枝葉在身上。

延伸閱讀

王維寫此詩時只有十七歲。

五一、鳥鳴澗——王維

詩文

人閑桂花落，夜靜春山空。月出驚山鳥，時鳴春澗中。

白話文

春天的夜晚，我悠閒地看著桂花掉落。四周寧靜，山區空曠。月亮升起，驚動山中鳥兒，經常在溪流上空鳴叫。

注釋

一、閑：通閒。二、澗：山中溪流。

延伸閱讀

王維書畫均佳，被蘇東坡譽爲「詩中有畫，畫中有詩。」鳥鳴澗果然詩中有畫。

五二、渭城曲——王維

詩文

渭城朝（ㄓㄠ）雨浥輕塵，客舍青青柳色新。勸君更盡一杯酒，西出陽關無故人。

白話文

早上，渭城下了一場雨，濕潤了塵土飛揚的道路。旅館外草木一片翠綠，柳樹葉子煥然一新。勸你再乾一杯酒，因爲你出了陽關，西去就沒有老朋友了。

注釋

一、渭城：在今陝西省西安市西北。二、浥：濕潤。三、客舍：旅館。四、輕塵：輕揚的沙塵。五、陽關：在今甘肅省敦煌市西南。

延伸閱讀

此詩又名送元二使安西，元二生平不詳，應該是王維的好友。安西是指安西都護府，府治在今新疆維吾兒自治區庫車縣。

五三、終南別業——王維

詩文

中歲頗好道，晚家南山陲。興來每獨往，勝事空自知。行到水窮處，坐看雲起時。偶然植林叟，談笑無還期。

白話文

中年很喜歡佛學，晚年住在終南山邊。興致來時，經常獨來獨往，當中的快意只有自己知道。走到水源盡頭，坐下來看雲彩飛揚。偶然遇到山裡的長輩，和他談天說笑，忘了該是回家的時候。

注釋

一、別業：別墅。二、中歲：中年。三、道：佛理。梵文BODHI的義譯，音譯爲菩提。四、南山：終南山，又稱秦嶺。五、勝事：快意。

延伸閱讀

終南別業，就是輞川別墅，王維晚年隱居的地方。輞川，水名，在陝西省藍田縣南。

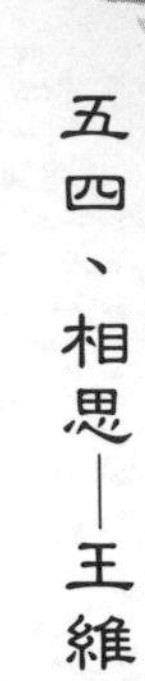

五四、相思——王維

詩文

紅豆生南國，春來發幾枝。願君多採擷，此物最相思。

白話文

紅豆生長在南方，春天來的時候開始開花。秋天成熟時，結實累累，希望你多採幾顆，因爲紅豆最能慰藉人們的思念。

注釋

一、南國：南方。二、採擷：採摘。

延伸閱讀

紅豆又名相思豆，代表思念，尤其是青年男女之間。

五五、登鸛雀樓——王之渙

詩文

白日依山盡，黃河入海流。欲窮千里目，更上一層樓。

白話文

黃昏時的太陽，沿著山後慢慢滑落，黃河河水滾滾向東流去。想要看到千里之外的景物，就要再走上更高的樓層。

注釋

一、盡：落。二、窮：極盡。三、目：景物。

延伸閱讀

鸛雀樓原在今山西省永濟縣西南黃河邊，共三層，後被河水沖毀。鸛雀是一種水鳥，相傳經常棲息在樓上。

五六、涼州詞——王之渙

詩文

黃河遠上白雲間，一片孤城萬仞山。羌笛何須怨楊柳？春風不度玉門關。

白話文

遠遠望去，黃河好像爬上白雲裡。一座孤城面對著萬仞高山。羌笛何必吹著折楊柳曲？溫暖的春風頂多吹到玉門關。

注釋

一、仞：八尺。二、羌笛：羌人的樂器。三、楊柳：折楊柳曲的簡稱，是哀怨的離別曲。四、玉門關：在今甘肅省敦煌市西。

延伸閱讀

涼州是今天甘肅省武威市。

五七、春曉——孟浩然

詩文

春眠不覺曉，處處聞啼鳥。夜來風雨聲，花落知多少？

白話文

春天晚上眞好睡，不知不覺天亮了。到處聽到鳥叫聲。晚上聽到風吹雨打的聲音，不曉得花兒掉了多少？

注釋

一、曉：天亮。

五八、過故人莊——孟浩然

詩文

故人具雞黍，邀我至田家。綠樹村邊合，青山郭外斜。開軒面場圃，把酒話桑麻。待到重陽日，還來就菊花。

白話文

老朋友準備豐盛酒菜，邀請我到農莊做客。村落四周都是蒼翠樹林，城外青山斜斜的展開。打開窗戶，面對廣場，一面喝酒，一面閒聊莊稼。約定重陽節那天，還請我過來欣賞菊花。

注釋

一、雞黍：飯菜。二、郭：城。三、軒：窗。四、場圃：廣場。五、就：近。

五九、古從軍行——李頎

詩文

白日登山望烽火，黃昏飲馬傍交河。行人刁斗風沙暗，公主琵琶幽怨多。野雲萬里無城郭，雨雪紛紛連大漠。胡雁哀鳴夜夜飛，胡兒眼淚雙雙落。聞道玉門猶被遮，應將性命逐輕車。年年戰骨埋荒外，空見葡萄入漢家。

白話文

白天到山頂看警戒的烽火，傍晚到交河旁讓馬喝水。晚上昏暗的風沙中，戰士們聽到打更的刁斗聲和幽怨的琵琶聲。野外萬里長雲，看不到城市，沙漠裡雨雪紛紛。北方大雁每天晚上悲鳴從空中飛過，胡人士兵各個淚流滿面。聽說連接玉門關的道路已經被敵人控制，戰士們應該追隨將軍收復失地。每年都有無數殉國官兵遺骨埋在荒郊野外，只見西域葡萄傳入中國。

注釋

一、交河：河名，在今新疆吐魯番西。二、刁斗：軍事用品，白天當鍋，晚上打更。三、公主琵琶：漢武帝將江都王劉建女兒劉細君嫁給烏孫國王，出嫁時令樂師彈琵琶送行。四、玉門：玉門關，在今甘肅省敦煌市西。五、輕車：將軍頭銜。

延伸閱讀

此詩反戰色彩濃厚，古詩中罕見。

六十、出塞——王昌齡

詩文

秦時明月漢時關，萬里長征人未還。但使龍城飛將在，不教胡馬度陰山。

白話文

現在看到的月亮是秦代的月亮，看到的關塞是漢代的關塞。萬里出征的戰士們還沒回來。只要像李廣那樣名將還在，就不會讓胡人兵馬越過陰山南下。

注釋

一、龍城飛將：指漢代名將李廣。二、陰山：山脈名，綿延在內蒙古南部。

六一、閨怨——王昌齡

詩文

閨中少婦不知愁，春日凝妝上翠樓。忽見陌頭楊柳色，悔教夫婿覓封侯。

白話文

深閨裡的少婦不知道甚麼叫憂愁，春天打扮得漂漂亮亮的登上美麗樓房。忽然看到路邊青翠的楊柳，才後悔教丈夫出外尋求功名。

注釋

一、凝妝：仔細打扮。二、陌頭：路邊。

六二、涼州詞——王翰

詩文

葡萄美酒夜光杯，欲飲琵琶馬上催。醉臥沙場君莫笑，古來征戰幾人回。

白話文

夜光杯裡盛滿葡萄美酒，我正想喝，馬上的琵琶卻開始催促部隊要出發了。我在戰場上喝醉，睡著了。你不要取笑，自古以來出外打仗的人，幾個人能生還回來。

注釋

一、夜光杯：西域名產，以墨綠色玉石雕鑿而成。

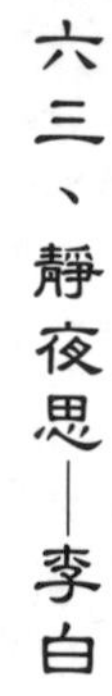

六三、靜夜思——李白

詩文

床前明月光，疑是地上霜。舉頭望明月，低頭思故鄉。

白話文

床前撒滿一片月光，我懷疑是地上霜。抬頭仰望明月，低頭思念故鄉。

六四、獨坐敬亭山——李白

詩文

眾鳥高飛盡，孤雲獨去閑。相看兩不厭，只有敬亭山。

白話文

鳥兒們全部都飛走了，孤獨的雲朵也飄然遠去閒遊。只有我和敬亭山，越看越對眼。

注釋

一、盡：竭、完。二、閑：閒。

延伸閱讀

敬亭山，在安徽省宣城縣北，因山上有「敬亭」得名。南朝蕭齊，名詩人謝朓任宣城太守時，常至敬亭山吟詩。李白一向喜歡謝朓的詩，後來也去了敬亭山，留下這首詩。

六五、贈汪倫——李白

詩文

李白乘舟將欲行，忽聞岸上踏歌聲。桃花潭水深千尺，不及汪倫送我情。

白話文

李白搭船要出發了，忽然聽到碼頭邊唱歌跳舞的聲音。桃花潭水即使有一千尺深，還不如汪倫送別我的熱情。

注釋

一、岸：陸地。二、桃花潭：在今安徽省涇縣西南。三、汪倫：當時涇縣縣令。

延伸閱讀

汪倫只是一個基層官員，因善待李白而千古留名。

六六、送孟浩然之廣陵——李白

詩文

故人西辭黃鶴樓，煙花三月下揚州。孤帆遠影碧空盡，惟見長江天際流。

白話文

老朋友向西辭別黃鶴樓，在風光明媚的三月，向揚州出發。那艘孤單的帆船消失在藍色的天空中，只見滾滾長江向東奔流。

注釋

一、黃鶴樓：在今湖北省武漢市長江邊。二、碧空：藍天。三、際：邊。

延伸閱讀

廣陵就是今天的江蘇省揚州市，自古以來繁榮富庶。

六七、早發白帝城——李白

詩文

朝辭白帝彩雲間，千里江陵一日還。兩岸猿聲啼不住，輕舟已過萬重山。

白話文

早上我搭船離開雲霧繚繞的白帝城，一天就到達千里外的江陵。在三峽兩岸的猴子不停的叫聲中，小船已經穿過了重山萬嶺。

注釋

一、白帝：城名，在四川省奉節縣長江邊。二、江陵：今湖北省江陵縣。三、還：到達。

延伸閱讀

筆者民國八十一年夏天遊長江三峽，當時三峽大壩還沒有興建，途中曾在白帝城上岸。白帝城也就是劉備伐吳失敗，回四川途中病逝的地方。城內有劉備臨終託孤諸葛亮塑像館。

六八、登金陵鳳凰臺——李白

詩文

鳳凰臺上鳳凰遊，鳳去臺空江自流。吳宮花草埋幽徑，晉代衣冠成古丘。三山半落青天外，二水中分白鷺洲。總爲浮雲能蔽日，長安不見使人愁。

白話文

鳳凰台上鳳凰曾經來過，鳳凰離開後，只見長江獨自向東流去。三國吳國宮廷的花草掩埋在清幽小路下，晉代名門士族的墳墓已是荒塚纍纍。三座山聳立在青山外，白鷺洲把長江水道一分爲二。總是因爲浮雲會遮蔽太陽，看不到長安使人發愁。

注釋

一、鳳凰臺：在今南京市內。二、吳宮：三國時代吳國宮廷。三、晉代衣冠：東晉名門士族。四、古丘：古墳。五、三山：南京市西南，長江南岸有三座山。六、白鷺洲：長江中沙洲名。

延伸閱讀

詩中「浮雲蔽日」影射宮廷小人群集，唐玄宗不能分辨忠奸。

六九、戲子美——李白

詩文

飯顆山頭逢杜甫，頭戴斗笠日卓午。借問因何太瘦生，只爲從來作詩苦。

白話文

飯顆山腳下碰到杜甫，日正當中，頭戴頭笠。請問你這個瘦子，是不是因爲作詩太累了。

注釋

一、子美：杜甫字。二、飯顆山：在長安近郊。三、卓：正。

延伸閱讀

李白年長杜甫十一歲，兩人是好朋友。難得李白留下這首開杜甫玩笑的詩。

七十、別董大——高適

詩文

千里黃雲白日曛，北風吹雁雪紛紛。莫愁前路無知己，天下誰人不識君。

白話文

千里烏雲使太陽變成紅黃色。北風強勁，大雪紛紛，雁群南飛。不要擔心前程沒有知心好友，天下那一個人不認識你。

注釋

一、曛：紅黃色。

延伸閱讀

董大是唐玄宗時著名的樂師，但生平已不可考。安史之亂後，唐玄宗第十六皇子永王李璘，與太子肅宗爭位。肅宗任命高適爲主帥，平定永王勢力。代宗時封他爲渤海縣侯，是唐代唯一封侯的著名詩人。

七一、黃鶴樓——崔顥

詩文

昔人已乘黃鶴去，此地空餘黃鶴樓。黃鶴一去不復返，白雲千載空悠悠。晴川歷歷漢陽樹，芳草萋萋鸚鵡洲。日暮鄉關何處是，煙波江上使人愁。

白話文

以前的仙人已經騎乘黃鶴離開了，這裡只剩下黃鶴樓。黃鶴離開後，沒有再回來過。千百年來，只有悠悠白雲依然飄揚。在晴朗的白天，漢陽的樹木，在江水映照下，歷歷分明。鸚鵡洲上，芳草一片翠綠。傍晚時分，我問自己，故鄉在那裡？江上的煙霧水波，使人發愁。

注釋

一、黃鶴樓：在今武漢市長江南岸。二、悠悠：久遠的樣子。三、歷歷：分明的樣子。四、萋萋：草木茂盛的樣子。五、鸚鵡洲：在今武漢市長江中。六、鄉關：故鄉。七、煙波：煙霧水波。

延伸閱讀

相傳李白後來也到黃鶴樓，原想題詩，看到崔顥的詩後，長歎道「眼前有景道不得，崔顥題詩在上頭。」

七二、長干行——崔顥

詩文

君家住何處？妾住在橫塘。停舟暫借問，或恐是同鄉。

白話文

你家住那裡？我住在橫塘。停船借問一下，或許我們是同鄉。

注釋

一、長干：里名，在今南京市秦淮河南。二、妾：古代女子對自己的謙稱。三、橫塘：在今江蘇省江寧縣。

延伸閱讀

作者藉年輕女子身分，詢問同在水上討生活的男生，是否是同鄉。顯示女子的俏皮與孤獨無依。

七三、春望——杜甫

詩文

國破山河在，城春草木深。感時花濺淚，恨別鳥驚心。烽火連三月，家書抵萬金。白頭搔更短，渾欲不勝簪（ㄗㄣ）。

白話文

國家破碎，山河還在。春天到了，城裡草木茂盛。感慨時局，眼淚濺在花朵上。傷心離別，聽到鳥叫，感覺心驚。戰爭連續三個月，一封家信值得萬金。白色頭髮越抓越少，連簪子都快要插不上了。

注釋

一、烽火：戰爭。二、抵：值得。三、搔：抓。四、渾：全。五、簪：插髮長針。

延伸閱讀

這首詩是安史之亂期間，杜甫流落長安時所作。

七四、旅夜書懷——杜甫

詩文

細草微風岸，危檣獨夜舟。星垂平野闊，月湧大江流。名豈文章著？官因老病休。飄飄何所似？天地一沙鷗。

白話文

微風吹拂著江岸上的小草，夜裡，豎著高高的帆柱的船停靠泊在江邊。星星在天空閃亮，大地廣闊無邊。月光滿滿湧出，長江向東奔流。我的名聲，那裡是因爲會寫文章出名？倒是因爲年老病多，該從官場退休。我一生到處飄零像什麼呢？就像天地間的一隻沙鷗吧！

注釋

一、危檣：高帆柱。二、飄飄：到處流浪的樣子。

延伸閱讀

安史之亂平定後，杜甫帶著家人離開成都郊外杜甫草堂，坐船沿長江東下，此詩在途中所寫。詩中「星垂平野闊，月湧大江流。」「飄飄何所似，天地一沙鷗。」更成千古名句。

七五、登岳陽樓——杜甫

詩文

昔聞洞庭水，今上岳陽樓。吳楚東南坼（ㄔㄜˋ），乾坤日月浮。親朋無一字，老病有孤舟。戎馬關山北，憑軒涕泗流。

白話文

以前聽說過洞庭湖水面寬闊，今天有幸登上岳陽樓。過去的吳、楚兩國被洞庭湖分開，吳國在東方，楚國在南方。天地日月都在湖面上浮動。親戚朋友都沒有消息，我年老多病，只有一條船陪伴著我。聽說中原地區又有戰爭，靠著船窗，不禁淚流滿面。

注釋

一、坼：分開。二、戎馬：戰爭。三、關山北：中原地區。四、軒：窗。

延伸閱讀

杜甫一家沿著長江南下，在唐代宗大曆三年（西元七六八年），流浪到洞庭湖畔的岳陽樓。

七六、曲江對酒——杜甫

詩文

朝回日日典春衣，每日江頭盡醉歸。酒債尋常行處有，人生七十古來稀。穿花蛺蝶深深見，點水蜻蜓款款飛。傳語風光共流轉，暫時相賞莫相違。

白話文

上朝後回來，每天都到當舖典當春衣，然後到江邊酒館喝醉再回家。到處欠酒債是很平常的事，因爲自古以來，能活到七十歲的人很少。蝴蝶在花叢間到處穿梭。蜻蜓在水面慢慢飛舞。傳話春天，讓我們和蝴蝶蜻蜓一起共融吧！即使時間短暫，也不要違背我的心願。

注釋

一、朝回：上朝回來。二、蛺蝶：蝴蝶。三、深深：幽深的樣子。四、款款：緩慢的樣子。

延伸閱讀

「人生七十古來稀」原來是杜甫名句，他自己活了五十八歲。

七七、蜀相——杜甫

詩文

丞相祠堂何處尋？錦官城外柏森森。映階碧草皆春色，隔葉黃鸝（ㄌㄧˊ）空好音。三顧頻繁天下計，兩朝開濟老臣心。出師未捷身先死，長使英雄淚滿襟。

白話文

丞相的祠堂那裡找呢？就在成都城外長滿柏樹的地方。綠草對映著台階。春天來了，隔著樹葉，聽到黃鶯悅耳的叫聲。劉備曾三顧茅廬，請教如何安定天下。兩代的開國與輔佐，他都盡忠職守。最後率兵伐魏尚未成功，就病逝軍中，常使英雄們為他留下滿襟熱淚。

注釋

一、錦官：成都的別名。二、黃鸝：黃鶯。三、兩朝：兩代。指劉備開國，阿斗亡國。四、開：開國。五、濟：治國。

延伸閱讀

「出師未捷身先死，長使英雄淚滿襟。」已經成為諸葛亮一生功業的最佳寫照。

七八、客至──杜甫

詩文

舍南舍北皆春水，但見群鷗日日來。花徑不曾緣客掃，蓬門今始爲君開。盤餐市遠無兼味，樽酒家貧只舊醅（ㄆㄟ）。肯與鄰翁相對飲，隔籬呼取盡餘杯。

白話文

春天時，我家前後都被一條清溪圍繞，只看到成群水鳥每天都飛來。花園中小路不因客人來而打掃，蓬草做的門今天才爲你打開。家離市場較遠，菜餚不夠豐盛。家裡沒錢，只能喝沒濾過的酒。如果你願意和鄰居老翁一起喝酒的話，我就隔著籬笆請他過來喝幾杯。

注釋

一、花徑：花園中小路。二、緣：因。三、蓬門：蓬草做的門。四、盤餐：菜餚。五、兼味：兩種以上的肉類。六、醅：沒濾過的酒。

延伸閱讀

杜甫請客的地點就在成都郊外的杜甫草堂。筆者有幸在民國八十一年參觀過，草堂旁邊眞的有一條清澈小溪流過。

七九、聞官軍收河南河北——杜甫

詩文

劍外忽傳收薊（ㄐㄧˋ）北，初聞涕淚滿衣裳。卻看妻子愁何在？漫卷詩書喜欲狂。白日放歌須縱酒，青春作伴好還鄉。即從巴峽穿巫峽，便下襄陽向洛陽。

白話文

在四川南部，忽然傳來官兵收復河北北部的消息，開始聽到時，讓我感動得熱淚直流，沾濕衣服。回頭看妻子，也沒了憂愁。隨便收捨書籍，準備回鄉，眞的非常高興。白天高聲歌唱，痛快喝酒，趁著風光明媚的春天，大家一起回家鄉。就坐船從巴峽穿過巫峽，先到襄陽，再到洛陽。

注釋

一、劍外：劍門山以南。劍門山在四川北部。二、薊北：河北北部。三、卻：回頭。四、漫卷：草率收拾。卷，同捲。五、巴峽：從重慶到萬縣、奉節一段的長江。六、襄陽：今湖北襄陽。

延伸閱讀

這是唐代宗廣德元年春天，杜甫在四川聽到官兵平定安史之亂時所寫的詩。其中，「白日放歌須縱酒，青春作伴好還鄉。」更成千古名句。

八十、登高——杜甫

詩文

風急天高猿嘯哀，渚（ㄓㄨˇ）清沙白鳥飛迴。無邊落葉蕭蕭下，不盡長江滾滾來。萬里悲秋常作客，百年多病獨登臺。艱難苦恨繁霜鬢，潦倒新停濁酒杯。

白話文

天空一片碧藍，秋風刮得很猛，猴子不停哀叫。江中沙地一片雪白，水鳥來回飛翔。大批落葉蕭蕭掉落，無窮無盡的長江滾滾東流。離家萬里，經常在外流浪，秋天時，更感到悲傷。人生最多百年，我卻經常生病，今天一個人登上高臺。生活艱難，內心苦悶，頭髮都白了。身染疾病，才剛開始戒酒。

注釋

一、渚：小洲。洲，水中陸地。二、蕭蕭：草木搖落聲。三、潦倒：身染疾病。四、新停：剛才停止。

延伸閱讀

杜甫全家沿長江東返時，途中在白帝城停留。白帝城外有一高臺，杜甫就是在登臺時寫這首詩。其中「無邊落葉蕭蕭下，不盡長江滾滾來。」也成千古名句。

八一、詠懷古蹟——杜甫

詩文

群山萬壑赴荊門，生長明妃尚有村。一去紫臺連朔漠，獨留青塚向黃昏。畫圖省識春風面，環珮空歸月夜魂。千載琵琶作胡語，分明怨恨曲中論。

白話文

我經過許多高山溪流來到荊門山，這裡是王昭君的故鄉。他離開漢宮後，經由北方沙漠嫁給匈奴王。去世後埋骨異鄉。黃昏時，夕陽照在她的陵墓上，墓上永遠長著青草。漢元帝貪圖方便，只憑畫工的畫像選宮女。如今昭君已死，他的靈魂只能在月夜回到故鄉。千年以來，琵琶伴奏胡語歌曲，傳達她的怨恨。

注釋

一、荊門：荊門山，在湖北省荊門縣南。二、明妃：王昭君。西晉時爲避司馬昭諱。改稱明妃。三、紫臺：帝王所居。四、青塚：長滿青草的墳墓。五、省：節省。六、春風面：漂亮女子。六、環珮：婦女飾物，此指王昭君。七、論：陳述。

延伸閱讀

有一年暑假，筆者到內蒙古旅遊，參觀過昭君墓，陵墓佔地廣闊，已成觀光熱點。我曾問當地女導遊，昭君墓上的青草，冬天是不是長青，她說冬天照樣枯萎。

八二、八陣圖——杜甫

詩文

功蓋三分國，名成八陣圖。江流石不轉，遺恨失吞吳。

白話文

三國中，諸葛亮功業最高，八陣圖是他的成名作。長江萬古向東奔流，八卦石壘永遠屹立江邊不搖。一生最大的遺憾是，沒有併吞吳國。

延伸閱讀

杜甫對諸葛亮推崇備至，讚譽有加。名相名家，古今輝映，相得益彰。

八三、江南逢李龜年——杜甫

詩文

岐王宅裡尋常見，崔九堂前幾度聞。正是江南好風景，落花時節又逢君。

白話文

我從前在岐王官邸經常看到你，在崔九客廳前，幾次聽過你的演唱。現在正是江南暮春三月開花時節，想不到在這裡又遇到你。

注釋

一、岐王：唐玄宗第四子，睿宗時被封爲岐王。二、崔九：崔滌，曾任秘書監。

延伸閱讀

李龜年兄弟三人是當時著名音樂家。李龜年，李鶴年能歌，李彭年善舞。

八四、逢入京使——岑參

詩文

故園東望路漫漫，雙袖龍鐘淚不乾。馬上相逢無紙筆，憑君傳語報平安。

白話文

東望故鄉，長路漫漫，兩隻衣袖沾滿了眼淚。兩人騎馬相見，身邊沒有紙筆，只能拜託你向家人傳話，說我一切平安。

注釋

一、故園：故鄉。二、漫漫：路遠的樣子。三、龍鍾：垂淚的樣子。

延伸閱讀

岑參兩度在今新疆維吾爾自治區任官，是著名邊塞詩人。

八五、白雪歌送武判官歸京——岑參

詩文

北風捲地白草折，胡天八月即飛雪。忽如一夜春風來，千樹萬樹梨花開。散入珠簾濕羅幕，狐裘不煖錦衾（ㄑㄧㄣ）薄。將軍角弓不得控，都護鐵衣冷猶著。瀚海闌干百丈冰，愁雲慘淡萬里凝。中軍置酒飲歸客，胡琴琵琶與羌笛。紛紛暮雪下轅門，風掣紅旗凍不翻。輪臺東門送君去，去時雪滿天山路。山迴路轉不見君，雪上空留馬行處。

白話文

北風強勁，捲地而來，白草都折斷了。西域八月就下起大雪。忽然一夜之間，像春風吹來一樣，所有樹木都覆蓋雪花。雪花散入珠簾，沾濕帷幕。穿著狐裘不覺得暖和，錦被更嫌單薄。將軍的角弓拉不開，都護穿的鐵衣雖冷，還是穿在身上。沙漠上到處都是厚厚的冰，烏雲暗淡，連綿萬里。主帥準備酒宴為你送行，還有樂團演奏胡琴、琵琶與羌笛助興。傍晚大雪紛紛，下在營門前，即使風吹紅旗，也凍得飄不起來。我在輪臺東門為你送行，離開時路上積著厚厚大雪。山路曲折，不久就看不到你的影子，雪地上只留下馬蹄的痕跡。

一、白草：邊地一種野草名。二、忽如：忽然。三、梨花：指雪花。四、衾：被子。五、角弓：用動物角裝飾的弓。六、控：拉開。七、都護：邊疆地區最高軍事指揮官。八、翰海：沙漠。九、闌干：縱橫。十、慘淡：暗淡。十一、中軍：主帥。十二、轅門：軍營門。十三、掣：牽動。十四、輪臺：今新疆輪臺縣。

延伸閱讀

武判官生平不詳。這首詩把西域入秋後，天寒地凍，冰天雪地的景況，寫得絲絲入扣，巨細靡遺，在古詩中非常罕見，讀者可以細細品嘗。筆者有一年暑假到過輪臺，不過當時是七月，艷陽高照，熱浪逼人。

八六、滁洲西澗——韋應物

詩文

獨憐幽草澗邊生，上有黃鸝深樹鳴。春潮帶雨晚來急，野渡無人舟自橫。

白話文

我偏愛山中溪流邊的野草，上面有黃鶯在濃密的樹林裡鳴叫。夜晚，春天的潮水加上雨水，來得又急又快。郊外的渡口不見人影，只有小船橫躺在水上。

注釋

一、憐：愛。二、澗：山中溪流。三、黃鸝：黃鶯。四、野渡：郊外渡口。

延伸閱讀

滁州在今安徽省滁縣，作者時任滁州刺史。

八七、題都城南莊——崔護

詩文

去年今日此門中，人面桃花相映紅。人面不知何處去，桃花依舊笑東風。

白話文

去年今天這戶人家大門中，出現一位美少女，和庭園內的桃花一樣艷麗。今年美少女不見了，桃花依然在春風中盛開。

注釋

一、映：對照。二、東風：春風。

延伸閱讀

相傳書生崔護有一年到長安應試落第，清明節到京城南郊散心，見一莊園，花木扶蘇。園內有一戶人家，敲門後有一美少女應門，崔護索水解渴。第二年清明節，崔護又來，門戶依舊，但掛上鐵鎖，便在門上題這首詩。

崔護天資聰明，但孤高寡合。後來考取進士，官至嶺南節度使。

八八、楓橋夜泊——張繼

詩文

月落烏啼霜滿天，江楓漁火對愁眠。姑蘇城外寒山寺，夜半鐘聲到客船。

白話文

月亮西沈，烏鴉啼叫，滿天滿地都是霜。我對著江邊的楓樹，和漁舟中的燈火，因滿懷憂愁難以入睡。蘇州城郊外的寒山寺，半夜時鐘聲一聲聲傳到我搭的船上來。

注釋

一、江楓：江邊的楓樹。二、漁火：漁船上的燈火。四、姑蘇：今蘇州市。五、寒山寺：在蘇州市郊外。

延伸閱讀

這首詩靜中有動，動中有靜。不但在中國深受歡迎，在日本也一樣。已故前中共國家主席江澤民，有一年訪問日本，曾到一所國小參訪，筆者記得教室黑板上寫的就是這首詩，可見這首詩的分量。

八九、登科後——孟郊

詩文

昔日齷齪不足誇，今朝放蕩思無涯。春風得意馬蹄疾，一日看盡長安花。

白話文

以前好幾次考進士都落榜，實在有夠丟臉。今天考上，太高興了，腦海裡胡思亂想。在風和日麗的春天，騎著馬到處奔馳，一天裡把長安城的花全都看遍。

注釋

一、齷齪：骯髒。二、疾：快。

延伸閱讀

孟郊家境貧寒，經常挨餓受凍，考科舉又連年失利，但他毫不氣餒，終於在四十六歲考取進士。這是他考取後寫的詩，充滿正能量。

九十、遊子吟——孟郊

詩文

慈母手中線，遊子身上衣。臨行密密縫，意恐遲遲歸。誰言寸草心，報得三春暉。

白話文

媽媽手上縫製的，是我這個即將出外遠行兒子的衣服。行前一針一針仔細的縫，擔心我很久才回家。有誰能說小草的心，報答得了春天的太陽。

注釋

一、線：縫。二、三春：春天可以分成孟春、仲春、季春三階段。三、暉：同輝。

延伸閱讀

孟郊在四十六歲考取進士後，因爲沒有人事背景，直到五十歲才派任江蘇溧楊縣尉，管治安。這是他擔任縣尉後，迎接母親奉養時所寫的詩。

九一、節婦吟——張籍

詩文

君知妾有夫，贈妾雙明珠。感君纏綿意，繫在紅羅襦。妾家高樓連苑起，良人執戟（ㄐㄧˇ）明光裡。知君用心如日月，事夫誓擬同生死。還君明珠淚雙垂，恨不相逢未嫁時。

白話文

你知道我有丈夫，還送我兩顆明珠。感激你對我一片心意，把明珠繫在我的紅色衣服上。我住在莊園裡，裡面有連棟的高樓，丈夫在宮廷擔任高級軍官。知道你心中坦蕩蕩，我對丈夫一片忠心，兩人發誓同生共死。所以我只有含淚把明珠還給你，很遺憾不能在婚前遇到你。

注釋

一、襦：短衣。二、苑：花園。三、明光：漢代宮殿名。此指一般宮殿。

延伸閱讀

這首詩表面上是一個貞潔的有夫之婦，拒絕另一個男人追求的故事，實際上另有隱情。中唐以後，地方藩鎮割據，藩鎮就是節度使。各地節度使爲擴張勢力，拉攏文人和中央官員。唐憲宗時，平盧節度使李師道打算拉攏中央任官的張籍，張籍爲明哲保身，藉這首男女之情的詩婉轉拒絕，李師道也不爲難他。

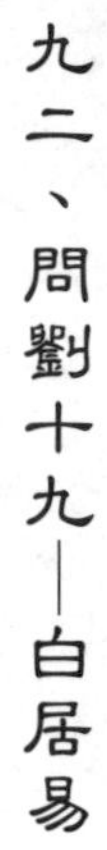

九二、問劉十九——白居易

詩文

綠螘(一)新醅(ㄆㄟ)酒，紅泥小火爐。晚來天欲雪，能飲一杯無？

白話文

紅泥小火爐上，煨著新釀好的未過濾酒。天黑了，好像要下雪，能不能來喝一杯？

注釋

一、綠螘：酒名。酒面有綠色泡沫。二、醅：未過濾的酒。

延伸閱讀

劉十九本名劉軻，曾考取進士，後隱居鄉下。是白居易晚年好友。

九三、花非花——白居易

詩文

花非花，霧非霧。夜半來，天明去。來如春夢幾多時，去似朝（ㄓㄠ）雲無覓處。

白話文

像花又不是花，像霧又不是霧。半夜來，天亮離開。來的時候像春夢，時間短暫。去的時候像早晨雲彩，無處可尋。

注釋

一、夜半：半夜。二、朝雲：早晨雲彩。

延伸閱讀

蘇東坡很喜歡這首詩，把他最喜歡的紅粉知己取名爲朝雲。

九四、憶江南——白居易

詩文

江南好，風景舊曾諳（ㄢ），日出江花紅勝火，春來江水綠如藍。能不憶江南。

白話文

江南是個好地方，我早就熟悉當地風景。早晨太陽出來時，長江邊的花兒像火一樣紅，春天長江水綠得像深青色。能不想念江南？

注釋

一、諳：熟悉。二、藍：深青色。

延伸閱讀

這首詩是白居易晚年對江南的回憶，好一幅江南美景。

九五、賦得古草原送別——白居易

詩文

離離原上草，一歲一枯榮。野火燒不盡，春風吹又生。遠芳侵古道，晴翠接荒城。又送王孫去，萋萋滿別情。

白話文

茂盛的草原上青草，每年生長一次，枯萎一次。野火是燒不了的，因爲春風一吹，草又長出來的。伸向遠方的草，侵入古道。晴天時，翠綠的草連接荒城。我又要送你遠行，離情依依不捨。

注釋

一、離離：草木茂盛的樣子。二、遠芳：伸展到遠處的草。三、晴翠：明天翠綠的草。四、王孫：貴族子弟。五、萋萋：草木茂盛的樣子。

延伸閱讀

白居易寫這首詩時只有十六歲。他到長安拜訪當時名詩人顧況，顧況看到他的名字，開玩笑的說：「長安百物皆貴，居大不易。」讀到「野火燒不盡，春風吹又生。」時，改

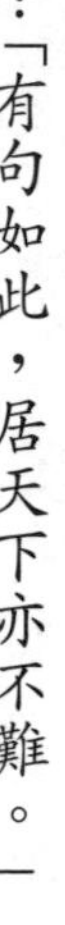

口說：「有句如此，居天下亦不難。」

九六、長恨歌（節錄）──白居易

詩文

漢皇重色思傾國，御宇多年求不得。楊家有女初長成，養在深閨人未識。天生麗質難自棄，一朝選在君王側。回眸一笑百媚生，六宮粉黛無顏色。春寒賜浴華清池，溫泉水滑洗凝脂。侍兒扶起嬌無力，始是新承恩澤時。

白話文

唐玄宗好色，想找絕世美女，國內好幾年沒找到。揚家有一位美少女，進入青春期，平時只在深閨內活動，外人不知道有這麼一位美少女。她天生麗質，有一天被唐玄宗相中，飛上枝頭成鳳凰。她眼波流轉，巧笑倩兮，美目盼兮，千嬌百媚。後宮那些女子，根本就比不上她。春寒料峭，天氣還冷，玄宗賜她到華清池洗溫泉浴。溫泉水滑，洗她潔白又有彈性的肌膚。沐浴後，侍女們扶起嬌弱無力的她，這是她開始得到玄宗寵愛的時侯。

注釋

一、傾國：絕世美女。二、御宇：全國。三、六宮：後宮。四、粉黛：女子。五、華清池：在長安城郊外，驪山山腳下。六、凝脂：肌膚潔白有彈性。

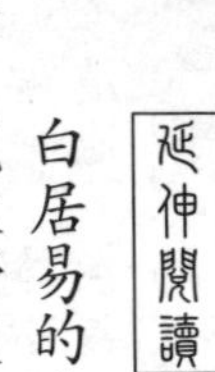

延伸閱讀

白居易的生花妙筆，已經出神入化，登峰造極。筆者曾參觀過華清池，外觀樸實無華，寬敞舒適。

九七、戲答諸少年——白居易

詩文

愧我長年頭似雪，饒君壯歲氣如雲。朱顏今日雖欺我，白髮他時不放君。

白話文

嘲笑我整年頭髮雪白，儘管現在你們年少氣盛。臉色紅潤的你們今天雖然欺負我，將來有一天白髮也不會放過你們。

注釋

一、愧：使差慚。二、饒：儘管。

延伸閱讀

年齡歧視不只存在今天，從白居易這首詩，可以看出唐代就有了，那些「諸少年」眞的有眼不識泰山。

九八、李白墓——白居易

詩文

采石江邊李白墳，繞田無限草連雲。可憐荒隴窮泉骨，曾有驚天動地文。但是詩人多薄命，就中淪落不過君。

白話文

長江采石磯旁邊的李白墳墓，周圍都是農田，遠處青草連天。可憐荒郊野外埋葬的遺骨主人，生前曾經有驚天動地的詩文。可惜一般詩人大多薄命，尤其最失意潦倒就是你了。

注釋

一、采石：采石磯的簡稱，是在今安徽省當塗縣西北長江邊的一塊岩石。二、隴：高丘。三、淪落：失意潦倒。

延伸閱讀

李白在唐代宗寶應元年（西元七六二年），貧病交加在安徽當塗過世後，很快被世人遺忘。唐德宗貞元十五年（西元七九九年），二十九歲的白居易來到當塗李白荒冢，寫下這首詩。

九九、烏衣巷──劉禹錫

詩文

朱雀橋邊野草花，烏衣巷口夕陽斜。舊時王謝堂前燕，飛入尋常百姓家。

白話文

朱雀橋邊長滿野草野花，夕陽斜照著烏衣巷口。以前王導、謝安家族屋簷下的燕子，今天飛進一般百姓的住家。

注釋

一、朱雀橋：在今南京市，橫跨在秦淮河上。二、烏衣巷：在今南京市東南。三、王謝：王導、謝安。都擔任過東晉宰相。四、尋常：一般。

延伸閱讀

人事有更替，往來成古今。

一〇〇、竹枝詞——劉禹錫

詩文

楊柳青青江水平，聞郎江上唱歌聲。東邊日出西邊雨，道是無情卻有晴。

白話文

楊柳青青，紅水平靜。聽到男生在江邊唱歌的聲音。東邊出太陽，西邊下雨。說是無晴（情），卻是有晴（情）。

注釋

一、郎：青年男子。

延伸閱讀

竹枝詞屬民間歌謠，流行於四川東部長江沿岸。這首詩以女子口吻唱出，表現男女之間感情的若有若無，不可捉摸。

一〇一、秋風引——劉禹錫

詩文

何處秋風至，蕭蕭送雁群。朝（ㄓㄠ）來入庭樹，孤客最先聞。

白話文

秋風不知道從那裡吹來，蕭蕭的風聲送走了雁群。早上秋風又吹動了庭院裡的樹木，我這個孤獨的旅客最先聽到。

注釋

一、蕭蕭：風吹的聲音。二、孤客：孤獨的旅客。

延伸閱讀

秋風在劉禹錫筆下無所不在，到處流竄。

一〇二、江雪──柳宗元

詩文

千山鳥飛絕，萬徑人蹤滅。孤舟蓑笠翁，獨釣寒江雪。

白話文

連綿不斷的群山上沒有飛鳥，所有山間小路沒有行人。在大雪紛飛中，有一個頭戴斗笠，身穿蓑衣的長者，坐在小船上，拿著釣竿在釣魚。

注釋

一、徑：小路。二、蓑：蓑衣。三、笠：斗笠。

延伸閱讀

這是柳宗元被貶爲永州（今湖南省零陵縣）刺史期間的作品。喜歡繪畫的朋友，不妨以此詩爲藍本，畫幅「江雪圖」。

一〇三、離思——元稹

詩文

曾經滄海難爲水，除卻巫山不是雲。取次花叢懶回顧，半緣修道半緣君。

白話文

曾經看過茫茫大海的人，不會把一般的小溪小河看在眼裡。除了巫峽山上的雲，其他地方的雲都不夠看。經過美女群，我連看都不看她們一眼，一半是因爲我在修行，一半是因爲妳。

注釋

一、滄海：大海。二、取次：經過。三、花叢：美女群。四、緣：因爲。五、修道：修行。

延伸閱讀

這首詩是元稹爲懷念早逝的夫人韋叢寫的。韋叢是曾任京兆尹（相當於長安市長）韋夏卿的女兒。她二十歲嫁給元稹，二十七歲就去世了。

一〇四、遣悲懷——元稹

詩文

昔日戲言身後事，今朝都到眼前來。衣裳已施行看盡，針線猶存未忍開。尚想舊情憐婢僕，也曾因夢送錢財。誠知此恨人人有，貧賤夫妻百事哀。

白話文

以前兩人曾開玩笑，死後要做什麼事，現在都來了。你的衣服已經送給別人，眼看快送完了。你的針線盒還在，我不忍心打開。你曾託夢給我，要我善待婢僕，我也照你的意思，送金錢物品送給他們。我知道大家都害怕貧窮，貧窮夫妻什麼事情都做不了。

注釋

一、戲言：開玩笑的話。二、施：送。三、行：將。

延伸閱讀

看來元稹也是多情種子。據國學大師陳寅恪考証，元稹懷念韋叢的詩共有三十三首。

一〇五、尋隱者不遇——賈島

詩文

松下問童子，言師採藥去。只在此山中，雲深不知處。

白話文

松樹下問書僮，老師那裡去了？書僮說老師採藥去了。就在這座山裡，山中雲霧繚繞，不知道老師在那裡。

注釋

一、童子：書僮。

延伸閱讀

賈島那句「鳥宿池邊樹，僧推月下門。」被韓愈改爲僧「敲」月下門，已成文壇佳話。

一〇六、劍客——賈島

詩文

十年磨一劍，霜刃未曾試。今日把示君，誰有不平事。

白話文

花了十年工夫研磨一把劍，白色刀刃還沒試過。今天把劍亮出，看誰有不平的事？

注釋

一、霜：白色。

延伸閱讀

任何學問或專業技能都要長時間培育，不能一步登天。

一〇七、近試上張水部——朱慶餘

詩文

洞房昨夜停紅燭，待曉堂前拜舅姑。妝罷低聲問夫婿，畫眉深淺入時無？

白話文

洞房昨天晚上點紅色蠟燭，等到天亮了，在廳堂拜見公婆。新娘化完妝，低聲問丈夫，眉毛畫得濃淡合時嗎？

注釋

一、舅姑：公婆。

延伸閱讀

本詩表面上是寫新娘要見公婆前的緊張心情，實際上另有隱情。作者朱慶餘到長安參加科舉考試，考前有人把他推薦給水部員外郎張籍。這首詩是考前朱慶餘呈現給張籍的作品，所以詩題是近試上張水部。

一〇八、酬朱慶餘——張籍

詩文

越女新妝出鏡心，自知明豔更沉吟。齊紈未足人間貴，一曲菱歌敵萬金。

白話文

西施打扮完畢照鏡子，知道自己很漂亮，卻不講話。齊國的白絹不值得當時人那麼重視。你的詩文就像西施採紅菱時唱的歌，價值萬金。

注釋

一、越女：越，今浙江省。越女，指西施。二、沉吟：沉默不語。三、紈：細白光亮的絹。四、菱歌：採菱角時唱的歌。

延伸閱讀

這是張籍看到朱慶餘作品後所寫的詩，所以詩名「酬朱慶餘」。考試放榜後，朱慶餘果然榜上有名。

一〇九、江南春——杜牧

詩文

千里鶯啼綠映紅，水村山郭酒旗風。南朝四百八十寺，多少樓臺煙雨中。

白話文

黃鶯在遼闊原野歡樂歌唱，綠樹和紅花相互輝映，水鄉山城到處都有酒館旗子迎風飄揚。南朝四百八十寺，多少寺廟樓臺迷漫在煙霧細雨中。

注釋

一、水村：水鄉。二、山郭：山城。三、酒旗：酒館旗子。四、南朝：建都在建康（今南京市）的六個朝代，即東晉、吳、宋、齊、梁、陳。

延伸閱讀

千里、四百八十都是數字形容詞，形容多的意思。

一一〇、赤壁——杜牧

詩文

折戟（ㄐㄧˇ）沉沙鐵未銷，自將磨洗認前朝。東風不與周郎便，銅雀春深鎖二喬。

白話文

從長江淤泥裡，挖出一件生銹折斷的戟，鐵質尚未完全銷蝕，自己把牠洗乾淨，發現原來是三國遺物。如果東風不給周瑜方便，大喬、小喬兩位美女，就要被曹操鎖在銅雀臺中。

注釋

一、戟：一種古代兵器。二、周郎：周瑜。三、銅雀：高臺名。曹操興築。故址在今河南省鄴城。四、二喬：大喬、小喬。

延伸閱讀

大喬、小喬是姊妹，吳國美女，大喬嫁孫策、小喬嫁周瑜。

一一一、泊秦淮——杜牧

詩文

煙籠寒水月籠沙，夜泊秦淮近酒家。商女不知亡國恨，隔江猶唱後庭花。

白話文

煙霧籠罩寒冷的河水，月光籠罩沙灘，晚上小船停泊在靠近酒家的秦淮河畔。歌女不知亡國悲痛，隔著河還在唱玉樹後庭花。

注釋

一、籠：籠罩。二、秦淮：河名，流經今南京市。三、商女：歌女。四、後庭花：樂曲名，全名玉樹後庭花。

延伸閱讀

玉樹後庭花作曲者是南朝陳後主，荒淫享樂，不修朝政，後亡於隋。

一一二、遣懷——杜牧

詩文

落魄江南載酒行，楚腰纖細掌中輕。十年一覺揚州夢，贏得青樓薄倖名。

白話文

我失意潦倒，帶著酒行走江湖。經常出入風月場所，把玩歡場女子細腰。回想在揚州十年，我好像做了一場夢，只得到薄情郎的稱號。

注釋

一、落魄：失意潦倒。二、楚腰：細腰。三、覺：醒過來。四、青樓：妓院。

延伸閱讀

相傳戰國時代，楚靈王好細腰，國人多餓死。後世以楚腰爲細腰。

一一三、秋夕——杜牧

詩文

銀燭秋光冷畫屏，輕羅小扇撲流螢。天階夜色涼如水，臥看牽牛織女星。

白話文

秋天晚上，白蠟燭的光照在繪有圖畫的屏風上。一位宮女拿著細絹小扇，捕捉飛動的螢火蟲。後來，坐在皇宮前的臺階上，看著牽牛星和織女星。

注釋

一、銀燭：白色蠟燭。二、畫屏：繪有圖畫的屏風。三、羅：細絹。四、流螢：飛動的螢火蟲。

延伸閱讀

全詩輕盈活潑，秋意滿滿。

一一四、贈別——杜牧

詩文

娉（ㄆㄧㄥ）娉嫋（ㄋㄧㄠˇ）嫋十三餘，豆蔻梢（ㄕㄠ）頭二月初。春風十里揚州路，卷上珠簾總不如。

白話文

她，十三歲多，臉蛋漂亮，身材苗條，像二月初枝頭的豆蔻花。在春風吹拂的十里揚州路上，捲上珠簾的風月場所中，沒有一個女孩比她更漂亮。

注釋

一、娉娉：姿態美好的樣子。二、嫋嫋：纖細柔弱的樣子。三、豆蔻：多年生草本植物名，花黃白色。四、梢：樹枝末端。五、卷：捲。

延伸閱讀

「艷冠群芳」就是詩中這位美少女的最佳寫照。

一一五、過華清宮——杜牧

詩文

長安回望繡成堆，山頂千門次第開。一騎紅塵妃子笑，無人知是荔枝來。

白話文

遠望長安，宮中刺繡成堆。山頂上一道一道城門次第打開了。有一個騎士在滾滾紅塵中，騎著快馬向長安奔馳而來，後宮裡只有楊貴妃笑了。因爲沒有人知道，騎士是送荔枝過來。

注釋

一、繡：刺繡。

延伸閱讀

楊貴妃喜歡吃荔枝，荔枝不耐久藏，產地又在嶺南，必須快速運送。

一一六、題烏江亭——杜牧

詩文

勝敗兵家事不期，包羞忍恥是男兒。江東子弟多才俊，捲土重來未可知。

白話文

勝敗是兵家常事，不能事先預料。含羞忍恥是大丈夫。江南人才濟濟，項羽如果重新整軍經武，最後反攻回來也說不定。

注釋

一、期：預料。二、江東：江南。

延伸閱讀

杜牧可能受司馬遷史記項羽本紀影響，對項羽最後烏江自刎，持同情惋惜態度。

一一七、清明——杜牧

詩文

清明時節雨紛紛，路上行人欲斷魂。借問酒家何處有，牧童遙指杏花村。

白話文

清明節前後經常下著春雨，掃墓路上的人們都很傷心。我這個過路人向牧童問酒館在那裡，他向我指著遠方開滿杏花的村莊。

注釋

一、斷魂：傷心。二、酒家：酒館。

延伸閱讀

這首詩已成清明節的國民詩，幼兒園小孩都能朗朗上口。

一一八、悵詩——杜牧

詩文

自是尋春去較遲，不須惆悵怨芳時。狂風落盡深紅色，綠葉成陰子滿枝。

白話文

因爲沒有掌握春天賞花時間，不須傷心沒看到花。大風把紅花吹落，綠葉已經濃密成陰，果子結滿樹枝。

注釋

一、自：因爲。二、惆悵：悲傷。

延伸閱讀

以前青梅竹馬的玩伴，或初戀情人，最終綠葉成陰子滿枝，眞的令人惆悵。

一一九、嫦娥——李商隱

詩文

雲母屏風燭影深，長河漸落曉星沉。嫦娥應悔偷靈藥，碧海青天夜夜心。

白話文

蠟燭的影子深深映照在鑲有雲母的屏風上，銀河漸漸沉落，早晨星星慢慢消失。嫦娥應該後悔偷走長生不老藥，如今獨居在碧海藍天中的月亮，每天晚上思念人間。

延伸閱讀

人生往往有得必有失。嫦娥雖然住在月宮裡，面對的是無窮無盡的孤獨寂寞。

一二〇、無題——李商隱

詩文

相見時難別亦難，東風無力百花殘。春蠶到死絲方盡，蠟炬成灰淚始乾。曉鏡但愁雲鬢改，夜吟應覺月光寒。蓬萊此去無多路，青鳥殷勤爲探看。

白話文

見面很困難，離別也不容易。暮春時節，微風吹拂，百花逐漸凋零。蠶兒到死，絲才吐完。蠟燭燒成灰燼，燭淚才流乾。早晨，你對著鏡子，擔心烏黑頭髮變灰。晚上，我吟詩時，你應該會覺得月光有些寒意。蓬萊仙島離這裡不遠，希望青鳥替我先行前往勘查。

註釋

一、曉：早晨。二、雲鬢：烏黑頭髮。三、夜吟：晚上吟詩。四、蓬萊：仙島名。五、青鳥：神話中西王母使者。

延伸閱讀

李商隱有「朦朧詩人」之稱。這首詩果然把情人寫得隱約朦朧，若有若無。

一二一、登樂遊原——李商隱

詩文

向晚意不適，驅車登古原。夕陽無限好，只是近黃昏。

白話文

傍晚時心情不好，坐著馬車到樂遊原散心。黃昏時的太陽很漂亮，只是馬上就要下落西沉。

注釋

一、向：接近。二、原：指樂遊原，長安近郊名勝。

延伸閱讀

「夕陽無限好，只是近黃昏。」原來是李商隱名句。

一二二、新嫁娘詞——王建

詩文

三日入廚下，洗手作羹湯。未諳姑食性，先遣小姑嘗。

白話文

新娘結婚後第三天下廚房，洗手做早餐。不熟悉婆婆口味，先請小姑品嘗。

延伸閱讀

中國自古以來婆媳關係向來緊張。這首詩把新嫁娘忐忑的心情寫活了。

一二三、塞下曲——盧綸

詩文

月黑雁飛高，單于夜遁逃。欲將（ㄐㄧㄤ）輕騎逐，大雪滿弓刀。

白話文

沒有月亮的夜晚，雁群高飛，匈奴王趁著黑夜逃跑。打算率領輕騎兵乘勝追擊，弓刀上蓋滿大雪。

注釋

一、單于：匈奴王。二、將：率領。三、輕騎：裝備輕便，行動快速的騎兵。

一二四、春怨──金昌緒

詩文

打起黃鶯兒，莫教枝上啼。啼時驚妾夢、不得到遼西。

白話文

用石頭把樹上的黃鶯打走，不讓牠在樹上啼叫。因爲啼叫的聲音，驚醒我的春夢，使我不能夢到在遼西當兵的丈夫。

一二五、隴西行——陳陶

詩文

誓掃匈奴不顧身，五千貂錦喪胡塵。可憐無定河邊骨，猶是春閨夢裡人。

白話文

將軍發誓要掃除匈奴，奮不顧身，率領五千精兵攻擊。結果全都命喪沙場。可憐無定河邊骨骸的主人，還是家鄉妻子的夢中丈夫。

注釋

一、錦：彩色織物。二、無定河：陝西省黃河支流名，因急流夾沙，深淺無定而得名。

一二六、偈（ㄐㄧˋ）之一——神秀

詩文

身是菩提樹，心如明鏡臺。時時勤拂拭，勿使惹塵埃。

白話文

人就像一顆菩提樹，人心就像一座明亮的鏡臺。鏡臺要經常擦拭，不要使牠沾染塵埃。

注釋

一、偈：佛家語，四句爲一偈。二、惹：沾染。

延伸閱讀

神秀是禪宗五祖弘忍的大弟子，主張漸悟。

一二七、偈之二——慧能

詩文

菩提本無樹，明鏡亦非臺。本來無一物，何處惹塵埃。

白話文

菩提本來就不是樹，明鏡也不是臺。本來什麼都沒有，怎麼會沾染塵埃呢。

延伸閱讀

慧能是禪宗六祖，弘忍因爲他這首偈把衣缽傳給他。他主張頓悟。

一二八、金縷衣——杜秋娘

詩文

勸君莫惜金縷衣，勸君惜取少年時。花開堪折直須折，莫待無花空折枝。

白話文

勸你不要愛惜金縷衣，勸你珍惜少年時光。花朵盛開可攀折就要攀折，不要等到沒有花了，才去攀折牠的花枝。

注釋

一、金縷衣：用金線製成的衣服。

延伸閱讀

人要活在當下，即時行樂。

一二九、蟬——虞世南

詩文

垂緌飲清露，流響出疏桐。居高聲自遠，非是藉秋風。

白話文

蟬兒垂著蠶鬚一邊喝清澈的露水，一邊從稀疏的梧桐樹葉間發出響亮的鳴聲。牠停在高高的樹枝上，聲音自然可以傳送很遠，不必藉著秋風幫忙。

注釋

一、緌：帽帶，指蟬鬚。

延伸閱讀

高風亮節，不倚權勢，自然受人尊敬。

一三〇、憫農詩——李紳

詩文

春種一粒粟，秋收萬顆子。四海無閒田，農夫猶餓死。

白話文

春天種下一顆種子，秋天收穫一萬顆穀物。國內沒有一塊閒置農田，還有農民餓死。

注釋

一、粟：穀物果實。

延伸閱讀

從古到今，農民永遠是社會的底層。作者李紳曾任唐武宗宰相，他會寫出「四海無閒田，農夫猶餓死」，表示當時農業與農民問題非常嚴重。今天的臺灣農村情況也不遑多讓，因爲工作辛苦，收入偏低，年輕人大量外流，留下來的都是中老年人，外籍移工大量湧入，添補勞動力的不足。

一三一、集靈臺——張祜

詩文

虢（ㄍㄨㄛˊ）國夫人承主恩，平明騎馬入宮門。卻嫌脂粉污顏色，淡掃峨眉朝至尊。

白話文

虢國夫人承蒙唐玄宗的召喚，清晨騎馬進宮城大門。她不喜歡濃厚脂粉掩蓋天生麗質，只輕輕畫了眉毛，就朝見皇帝。

注釋

一、虢國夫人：楊貴妃姊。二、污：掩蓋。三、集靈台：即長生殿，唐玄宗時建。

延伸閱讀

漂亮女人淡掃蛾眉就不掩國色，對自己美貌充滿自信。

一三二、贈詩——崔郊

詩文

公子王孫逐後塵，綠珠垂淚滴羅巾。侯門一入深如海，從此蕭郎是路人。

白話文

富貴人家的公子哥兒們在車子後面追逐，綠珠傷心不已，眼淚滴在羅巾上。一進官家就像沉入大海一樣，此後前男朋友就是一個過路人。

注釋

一、綠珠：女子名。二、羅巾：絲巾。三、蕭郎：唐代對男子的稱呼。

延伸閱讀

相傳綠珠原是作者崔郊姑母的婢女，兩人曾經是戀人。後來綠珠被賣入官府，從此一入侯門深似海，再也見不到綠珠。

一三三、蜂——羅隱

詩文

不論平地或山尖，無限風光盡被占。採得百花成蜜後，爲誰辛苦爲誰甜。

白話文

不論平地和山上，所有美景都被牠一覽無遺。採到百花釀成蜂蜜後，到底是爲誰辛苦爲誰忙。

延伸閱讀

作者羅隱，唐末人，十舉進士不第，改名羅隱。

一三四、雨晴——王駕

詩文

雨前初見花間蕊，雨後全無葉底花。蜂蝶紛紛過牆去，卻疑春色在鄰家。

白話文

下雨前還看到花蕊，下雨後葉子底部的花不見了。蜜蜂蝴蝶紛紛飛過圍牆去，我懷疑春天跑到鄰居去了。

延伸閱讀

全詩韻味無窮。

一三五、題牡丹圖——皮日休

詩文

落盡殘紅始吐芳，佳名喚作百花王。競誇天下無雙艷，獨佔人間第一香。

白話文

百花凋謝了，牠才開花，牠的綽號叫做百花王。天下所有的花都不如牠漂亮，香氣也是第一名。

注釋

一、殘紅：凋謝的花朵。

延伸閱讀

牡丹花有花王之稱。顏色艷麗，香氣四溢，品種繁多。大陸最著名的產地是洛陽，每年五月中盛開，比一般花卉約晚一兩個月。每年五月中下旬，洛陽都舉辦牡丹花節。

一三六、勸學篇——宋真宗

詩文

富家不用買良田，書中自有千鍾粟。安居不用架高樓，書中自有黃金屋。娶妻莫恨無良媒，書中自有顏如玉。出門莫恨無人隨，書中車馬多如簇（ㄘㄨˋ）。男兒欲遂平生志，五經勤向窗前讀。

白話文

有錢人家不必買良田，書裡面自然有千鍾糧食。要住得安穩不必蓋樓房，書裡面自然有黃金屋。娶太太不要怨恨沒有好的媒人，書裡面自然有漂亮美女。出門不要怨恨沒有隨從，書裡面車馬多如箭頭。男人想要完成一生志向，好好的在窗前勤讀五經。

注釋

一、鍾：六斛四斗。二、簇：箭頭。三、五經：詩、書、禮、易、春秋。

延伸閱讀

中國古代文化，到宋代已經發展到高峰。統治階層重視、禮遇讀書人，在這種氛圍下，「萬般皆下品，惟有讀書高」，已成爲社會普遍的價值觀。

一三七、山園小梅——林逋（ㄅㄨ）

詩文

眾芳搖落獨暄妍，佔盡風情向小園。疏影橫斜水清淺，暗香浮動月黃昏。霜禽欲下先偷眼，粉蝶如知合斷魂。幸有微吟可相狎（ㄒㄧㄚˊ），不須檀板共金尊。

白話文

在百花凋謝時，只有梅花晴天開得鮮明美麗，小園中的美妙風光都被牠佔盡了。稀疏的影子斜映在清淺的水中，幽香飄散在昏黃的月光下。白色的鳥兒想要降落，先偷看她一眼。春夏的粉紅蝴蝶如果在冬天能看到你，一定神魂顛倒。還好有我可以低聲吟頌和你親近，用不著打著響板唱歌，或者喝酒來作伴。

注釋

一、眾芳：百花。二、暄：天氣晴朗暖和。三、妍：美麗。四、霜禽：白色的鳥。五、斷魂：魂消神往。比喻深情或極度感傷。六、狎：親近。七、檀板：檀木做的響板。八、金尊：名貴酒杯。

一三八、普濟院——陳堯咨

詩文

山遠峰峰碧，林疏葉葉紅。憑闌對僧話，如在畫圖中。

白話文

遠處的山，每一座山峰都很翠綠。樹林稀疏，每一片葉子都變紅。我靠著欄杆和高僧說話，像在一幅畫中。

注釋

一、闌：欄杆。二、普濟院：在今浙江省餘姚縣。

延伸閱讀

作者陳堯咨，宋真宗咸平三年（西元一〇〇〇年）進士第一名。

一三九、江上漁者──范仲淹

詩文

江上往來人，但愛鱸魚美。君看一葉舟，出沒風浪裡。

白話文

江邊來來往往的人，只喜歡鱸魚的美味。但是請你看一看，一艘像樹葉一樣的小船在風浪裡，怎麼辛苦捕魚。

注釋

一、葉舟：像樹葉一樣的小船。

延伸閱讀

社會上各行各業，都有它辛苦不爲人知的一面。

一四〇、書端州郡齋壁——包拯

詩文

清心爲治本，直道是身謀。秀幹終成棟，精鋼不做作鉤。倉充鼠雀喜，草盡兔狐愁。史冊有遺訓，毋貽來者羞。

白話文

清心寬慾是治國根本，守正不阿是立身之道。好的樹幹最後會成爲房屋棟樑，精鍊的鋼材不會做衣鉤。倉庫充實，老鼠麻雀高興。野草缺乏，兔子狐狸傷心。史書有遺訓，不要留下污點，讓後人羞辱。

注釋

一、治本：治國根本。二、身謀：立身之道。三、秀幹：好的樹幹。四、鉤：衣鉤。五、貽：留。六、來者：後人。

延伸閱讀

包青天曾任端州（今廣東肇慶）知州。這首詩寫在郡齋（郡守官邸）牆壁上，是包青天留下的唯一一首詩，非常珍貴。全詩具體呈現包青天無慾則剛，守正不阿，正義凜然的形象。

一四一、陶者——梅堯臣

詩文

陶盡門前土，屋上無片瓦。寸指不沾泥，鱗鱗居大廈。

白話文

燒製磚瓦工人把門前泥土挖光了，自己卻住在茅屋裡。富貴人家兩手不沾泥巴，卻住在像魚鱗一樣整齊的大廈裡。

注釋

一、陶者：燒製磚瓦的人。二、陶：挖。三、鱗鱗：排列整齊的樣子。

延伸閱讀

作者簡單幾句，就凸顯出貧富懸殊、階級對立的社會現象。

一四二、書哀——梅堯臣

詩文

天既喪我妻，又復喪我子。兩眼雖未枯，片心將欲死。雨落入地中，珠沈入海底。赴海可見珠，掘地可見水。唯人歸泉下，萬古知已矣。拊膺當問誰？憔悴鑑中鬼。

白話文

上天已經奪走我的妻子，又奪走我的兒子。我哭到兩眼雖然沒有乾枯，卻非常悲痛。雨水會流到地下，珍珠會沉到海底，到大海可以找到珍珠，向地下挖可以看到水。只有人死了，自古以以來都知道不能復生。我拍胸膛應該問誰？只看到鏡中憔悴得像鬼的我。

注釋

一、拊膺：拍胸膛。二、已：完了。三、鑑：鏡子。

延伸閱讀

宋仁宗慶曆四年（西元一〇四四年），作者妻子病故，不久次子夭折，悲痛不已。

一四三、畫眉鳥——歐陽修

詩文

百囀千聲隨意移，山花紅紫樹高低。始知鎖向金籠聽，不及林間自在啼。

白話文

畫眉鳥在高低樹林和繽紛山花之間飛來飛去，鳴聲高低隨意，悅耳動聽。我現在才知道，聽牠在貴重鳥籠裡叫，不如讓牠在大自然裡自由自在的啼。

延伸閱讀

歐陽修當時因黨爭，被貶爲滁州（今安徽滁縣）知州。

一四四、居洛初夏作——司馬光

詩文

四月清和雨乍晴，南山當户轉分明。更無柳絮隨風起，唯有葵花向日傾。

白話文

四月雨後初晴，天氣清明暖和，對門的南山變得清晰明亮。更沒有柳絮隨風飄揚，只見向日葵向太陽傾斜。

注釋

一、乍：初。二、當户：對門。

延伸閱讀

司馬光因與王安石意見不合，退隱洛陽十五年，撰寫資治通鑑。此詩是他到洛陽第二年作品。「葵花向日傾」應爲雙關語。

一四五、登飛來峰——王安石

詩文

飛來山上千尋塔，聞說雞鳴見日升。不畏浮雲遮望眼，自緣身在最高層。

白話文

飛來山上有一座高塔，聽說早晨雞鳴的時候，可以在塔上看到太陽升起。我不怕浮雲會遮到視線，因爲我就在最高的地方。

注釋

一、尋：八尺。二、緣：因爲。

延伸閱讀

飛來山在今浙江省紹興市南方。有一年王安石路過時登山遊覽，當時他還沒有當宰相，詩中已霸氣十足。

一四六、葛溪驛——王安石

詩文

缺月昏昏漏未央，一燈明滅照秋床。病身最覺風露早，歸夢不知山水長。坐感歲時歌慷慨，起看天地色淒涼。鳴蟬更亂行人耳，正抱疏桐葉半黃。

白話文

秋天晚上，未滿的月亮顏色昏黃，壺漏的水還沒滴完。一燈如豆，忽明忽暗，照著臥床。我有病在身，最早感受到寒風露水。作夢回到故鄉，醒來不知離家有多遠。坐起來，感慨國事艱難，不禁慷慨高歌。起身看到窗外淒涼的景色。蟬兒一直鳴叫，讓我耳根不能清淨。抬頭一看，這些蟬兒正停留在葉子半黃的梧桐樹上。

注釋

一、葛溪：在今江西弋陽縣。二、驛：官方旅舍。三、漏：壺漏，古代計時器。四歸夢：做夢回家。五、疏桐：葉子稀疏的梧桐樹。

一四七、泊船瓜洲——王安石

詩文

京口瓜洲一水間，鍾山只隔數重山。春風又綠江南岸，明月何時照我還。

白話文

京口和瓜洲分處在長江南北兩岸，京口和鍾山只隔著幾座山。春風又吹綠了長江南岸，月亮什麼時候照著我回家。

注釋

一、京口：今江蘇鎮江，在長江南岸。二、瓜洲：在江蘇揚州市南，長江北岸。三、鍾山：即紫金山，在南京市東。

延伸閱讀

王安石家就在鍾山下。

一四八、書湖陰先生壁——王安石

詩文

茅簷常掃靜無苔（ㄊㄞˊ），花木成畦（ㄑㄧˊ）手自栽。一水護田將綠繞，兩山排闥（ㄊㄚˋ）送青來。

白話文

整個庭院很安靜，茅草房經常打掃，不長青苔。花木整齊，都是先生親自栽種。一條清溪圍繞田園，帶來滿眼綠意。兩座山推開門，把青翠送進來。

注釋

一、茅簷：茅草屋簷。二、畦：小區。三、闥：門。

延伸閱讀

湖陰先生是楊德逢的別號。王安石退休後回到金陵（今南京市）老家安居，楊德逢是當時的鄰居和經常往來的朋友。

一四九、元日——王安石

詩文

爆竹聲中一歲除，春風送暖入屠蘇。千門萬戶曈曈日，總把新桃換舊符。

白話文

爆竹聲中一年就過去了。春風送來暖意，家家戶戶都要喝屠蘇酒。早晨的太陽照耀著所有人家，大家都把舊桃符換成新桃符。

注釋

一、東風：春風。二、屠蘇：草名。古人用來泡酒，稱屠蘇酒。大年初一，每家大小都要喝此酒。三、新桃：新的桃符。桃符是在桃木板上貼上相傳能吃鬼的神荼、鬱壘二神像。

延伸閱讀

這首詩充滿新年新氣象，千百年來，傳誦不衰。

一五〇、鍾山即事——王安石

詩文

澗（ㄐㄧㄢˋ）水無聲繞竹流，竹西花草弄春柔。茅簷相對坐終日，一鳥不鳴山更幽。

白話文

山中小溪無聲無息地繞著竹林流過，竹林西邊的花草使春天更溫柔。我整天坐著，和茅屋對看。山裡一隻鳥的啼聲都沒有，反而使山更幽靜。

一五一、新晴——劉攽（ㄅㄢ）

詩文

青苔滿地初晴後，綠樹無人晝夢餘。唯有南風舊相識，徑開門户又翻書。

白話文

久雨初晴後，滿地青苔。午覺睡醒，綠樹下寂靜無人。只有南風這個老朋友，直接打開門户，又翻開書本。

注釋

一、晝夢餘：午覺睡醒後。二、徑：直接。

延伸閱讀

作者於宋仁宗慶歷六年（西元一〇四六年）與兄劉敞同年中進士。兩人均博學，並稱「二劉」。

一五二、秋日偶成——程顥

詩文

閒來無事不從容，睡覺（ㄐㄩㄝˊ）東窗日已紅。萬物靜觀皆自得，四時佳興與人同。道通天地有形外，思入風雲變態中。富貴不淫貧賤樂，男兒到此是豪雄。

白話文

清閒的時候，做任何事情都可從容。我睡醒時，從東邊窗户看到太陽已經紅通通。冷靜觀察宇宙萬物，都自得其樂，牠們四季美好的興致，跟我們人類一樣。宇宙萬物的本體「道」，可以貫通天地和一切有形無形的東西。人的思想可以進入像風雲一樣的變化中。男子能夠達到富貴不能淫，貧賤自得其樂的境界，就是英雄豪傑。

注釋

一、睡覺：睡醒。二、四時：四季。三、佳興：好興致。

延伸閱讀

程顥與弟弟程頤是宋代著名理學大師，並稱二程。可是兩人個性完全不同。哥哥隨和寬容，弟弟嚴謹肅穆。

一五三、偶成——程顥

詩文

雲淡風輕近午天，傍花隨柳過前川。時人不識余心樂，將謂偷閒學少年。

白話文

雲淡風輕，接近中午。我漫步河邊，觀賞花柳，穿過前面小溪。當時的遊客不曉得我內心的快樂，會說我偷閒學少年的流行玩法。

延伸閱讀

全詩輕盈活潑，精神愉快，充滿春天的氣息。

一五四、村居——張舜民

詩文

水繞陂（ㄆㄧ）田竹繞籬，榆錢落盡槿花稀。夕陽牛背無人臥，帶得寒鴨兩兩歸。

白話文

一條清溪圍繞著水田，竹林繞著籬笆，榆樹的莢果都掉光，木槿花稀稀疏疏。夕陽西下，水牛緩慢回家，背上沒有小孩騎著，只停著一隻烏鴉，和牛主人一起回家。。

注釋

一、陂田：水田。二、陂：池塘。三、榆錢：榆樹的莢果。四、槿花：木槿花，朝開夕凋。

延伸閱讀

好一幅優美的農村黃昏風光。

一五五、和子由澠池懷舊——蘇軾

詩文

人生到處知何似？應似飛鴻踏雪泥。泥上偶然留指爪，鴻飛那復計東西？老僧已死成新塔，壞壁無由見舊題。往日崎嶇還記否？路長人困蹇（ㄐㄧㄢˇ）驢嘶。

白話文

人生到處漂泊像甚麼呢？應該像鴻雁踏在雪泥上。雪泥上偶然留下鴻雁的指爪，然後牠飛走了，那裡計較東西南北。老和尚奉閒法師已經圓寂，骨灰安放在新建佛塔裡。已經毀壞的牆壁，看不到我們以前的題詩。以前我們艱困的旅程，你還記得嗎？旅途漫長，大家疲勞，騎的跛腳驢子也悲鳴不已。

注釋

一、子由：蘇軾弟蘇轍字。二、澠池：今河南省澠池縣。三、老僧：奉閒法師。四、新塔：新的墓塔。五、壞壁：奉閒法師生前僧舍牆壁。六、舊題：蘇軾以前題的詩。七、蹇：跛腳。

宋仁宗嘉祐元年（西元一〇五六年），蘇軾與弟弟蘇轍赴京考試，經過今河南省澠池縣，寄宿奉閒法師當住持的寺廟，受到熱誠接待。嘉祐六年，蘇軾因赴陝西鳳翔擔任簽判，途經澠池，奉閒法師已圓寂，有感而發寫此詩。

一五六、飲湖上初晴後雨——蘇軾

詩文

水光瀲灩（ㄌㄧㄢˋ ㄧㄢˋ）晴方好，山色空濛雨亦奇。若把西湖比西子，淡妝濃抹總相宜。

白話文

湖水微波蕩漾，晴天風景很好。山色迷濛，雨天也很奇特。如果把西湖比擬做西施，不論淡掃蛾眉，或濃妝豔抹，都很好看。

注釋

一、瀲灩：水滿波動的樣子。二、濛：細雨紛飛的樣子。三、西子：西施。

延伸閱讀

歷代歌頌西湖的詩很多，此詩公認排名第一。

一五七、題西林壁——蘇軾

詩文

橫看成嶺側成峰，遠近高低各不同。不識廬山眞面目，只緣身在此山中。

白話文

從橫向看是山嶺，從側面看是山峰，從遠近高低各種角度看都不一樣。不能認識廬山眞面目，只因爲自己在這座山中。

注釋

一、西林：寺名，在江西廬山。二、緣：因。

延伸閱讀

這首詩也被公認是描述廬山最佳詩作。

一五八、惠崇春江曉景——蘇軾

詩文

竹外桃花三兩枝，春江水暖鴨先知。蔞蒿（ㄌㄡˊ ㄏㄠ）滿地蘆芽短，正是河豚欲上時。

白話文

竹林外，桃花三三兩兩綻放。春天來了，江水溫暖，只有鴨子最早知道。原野到處長滿蔞蒿，蘆筍剛冒出新芽，正是河豚可以上市的時候。

注釋

一、惠崇：北宋初年高僧，能詩善畫，蘇軾好友。二、蔞蒿：水草名。三、蘆芽：蘆筍。

延伸閱讀

林語堂大師曾據此詩，說蘇東坡拼死也要吃河豚。

一五九、贈劉景文——蘇軾

詩文

荷盡已無擎雨蓋，菊殘猶有傲霜枝。一年好景君須記，最是橙黃橘綠時。

白話文

荷花凋零，已經沒有遮雨的荷葉。菊花謝了，還有耐霜的花枝。一年中最好的風景請您記住。就是橙子變黃、橘子還綠的時候。

注釋

一、擎：托。二、橙：橙子。臺灣稱柳丁。

延伸閱讀

宋哲宗元祐五年（西元一〇九〇年），蘇軾任杭州知州，劉景文任兩浙兵馬都監，駐杭州。劉景文將門之後，博覽群書，工詩文，兩人時有往來。

一六〇、澄邁驛通潮閣——蘇軾

詩文

餘生欲老海南村，帝遣巫陽招我魂。杳（ㄧㄠˇ）杳天低鶻（ㄏㄨˊ）沒處，青山一髮是中原。

白話文

我先前以爲，餘生要終老在海南島的荒村，不料玉皇大帝派遣女巫把我的魂魄招回來。幽暗深遠，紅隼隱沒的地方，清山中的一線間，遠處正是中原所在地。

注釋

一、巫陽：相傳古代女巫名。二、杳杳：幽暗深遠的樣子。三、鶻：紅隼。四、一髮：像頭髮一樣細小的空間。

延伸閱讀

宋哲宗元符三年（西元一一〇〇年），流放海南島三年的蘇東坡獲赦北歸，途經海南島北部澄邁縣時所作。

一六一、洗兒——蘇軾

詩文

人皆養子望聰明，我被聰明誤一生。唯願孩兒愚且魯，無災無難到公卿。

白話文

一般人生養孩子，都希望孩子聰明，我卻被聰明耽誤一生。只希望孩子愚笨遲鈍，沒有災難一直做到高官。

注釋

一、洗兒：古代嬰兒出生三天或滿月，要替嬰兒洗澡，並宴請親友，俗稱洗兒。二、魯：反應遲鈍。

延伸閱讀

蘇東坡一生共有四個兒子。第一任夫人王弗生長子蘇邁，第二任夫人王閏之生次子蘇迨、三子蘇過，侍妾朝雲生四子蘇遁，可惜不到一歲就夭折。這首詩是蘇遁出生後所作。

一六二、別黃州——蘇軾

詩文

東坡五載黃州住，何事無言及李琪？卻似西川杜工部，海棠雖好不吟詩。

白話文

我在黃州住了五年，沒有人提到李琪。就像唐代杜甫，雖然喜歡海棠，卻從來沒有在詩中提到海棠。

注釋

一、黃州：今湖北黃岡。二、李琪：歌女名。三、西川：四川西部。四、杜工部：杜甫曾在劍南東西兩川節度使嚴武衙門，擔任工部員外郎，世稱杜工部。

延伸閱讀

蘇東坡離開黃州前，當地朋友設宴送別，席上有一位名叫李琪的歌女，請蘇東坡爲她寫一首詩。詩中「海棠雖好不吟詩」一語雙關，一面誇她長得漂亮，一面惋惜他不會作詩。

一六三、縱筆——蘇軾

詩文

父老爭看烏角巾，應緣曾現宰官身。溪邊古路三叉口，獨立斜陽數過人。

白話文

鄉村父老爭著看頭戴烏角巾的我，應該是因爲我當過宰相。黃昏時候，我站在溪邊古老三叉路口，一個一個的數著過路行人。

注釋

一、烏角巾：古代隱士戴的帽子。二、宰官身：蘇東坡曾任翰林學士，位高權重，可以比擬宰相。

延伸閱讀

蘇東坡生前已經名滿天下，所到之處，都引起轟動，他也相當隨和，獨立斜陽數過人。

一六四、觀潮——蘇軾

詩文

廬山煙雨浙江潮，未到千般恨不消。及至到來別無事，廬山煙雨浙江潮。

白話文

廬山煙雨和錢塘江潮，沒親臨當地一定遺憾不已。等到身歷其境，又覺得沒有什麼，只不過是平凡的廬山煙雨和錢塘江潮而已。

注釋

一、廬山煙雨：江西廬山經常煙霧迷漫，細雨霏霏。二、浙江潮：杭州灣錢塘江潮。

延伸閱讀

中文有一句俗語：「見景不如聽景。」大約就是此詩要表達的意思。這首詩前後兩句都一樣，違反規律，只有蘇東坡這位天才才寫得出來。

一六五、絕句——王雱

詩文

一雙燕子語簾前，病客無憀（ㄌㄠˊ）盡日眠。開遍杏花人不見，滿庭春雨綠如煙。

白話文

兩隻燕子在門簾前呢喃低語，生病的我百無聊賴，整天躺在床上。庭院裡杏花盛開，卻沒人欣賞。春雨綿綿，翠綠如煙。。

注釋

一、憀：同聊。

延伸閱讀

作者王雱是王安石次子，宋英宗治平四年（西元一〇六七年）進士。才高體弱，三十三歲即英年早逝。王安石心疼不已，這首詩是他臥病期間作品。

一六六、贈女冠暢詩——秦觀

詩文

瞳人剪水腰如束，一幅烏紗裹寒玉。飄然自有姑射姿，回看粉黛皆塵俗。霧閣雲窗人莫窺，門前車馬任東西。禮罷曉壇春日靜，落紅滿地乳鴉啼。

白話文

眼睛像秋水，細腰橡束帛，整個人像一方黑色細紗裹著冰涼的白玉。風姿綽約，像姑射山的仙女。回頭一看其他女子，都是庸俗脂粉。住在幽深隱密的閨閣裡，一般閒雜人等無法看見你，儘管門前車水馬龍。春天安靜的早晨，做完宗教儀式時，庭院花落滿地，小烏鴉不斷的啼叫。

注釋

一、瞳人：瞳孔。二、寒玉：冰涼玉石。三、姑射：指莊子書中姑射山仙女。肌膚若冰雪，綽約若處子。四、霧閣雲窗：形容住處幽深隱密。五、壇：神壇。六、乳鴿：小烏鴉。

女冠就是女道士，暢是女道士的姓。據當時人的傳聞，姓暢的女道士，姿色妍麗，宛如神仙中人。用現在的語言，就是美女道士。秦觀是蘇門四學士之一，有幸見此佳人，留下這首詩。眞是佳人才子，相得益彰。

一六七、絕句——陳師道

詩文

書當快意讀易盡，客有可人期不來。世事相違每如此，好懷百歲幾回開？

白話文

自己喜歡的書，很容易就讀完了。知己朋友，千盼萬盼，總是不來。我們經常遇到的事，往往就是這樣。人生不到百年，能夠遇到幾次開心事？

注釋

一、快意：喜歡。二、可人：知己朋友。三、好懷：開心。

延伸閱讀

陳師道是蘇門六君子之一，家境清寒，一生困頓。但尊師重道，不依附權貴。

一六八、偶成——饒節

詩文

松下柴門閉綠苔，只有蝴蝶雙雙來。蜜蜂兩股大如繭，應是前山花已開。

白話文

松樹下，木門關著滿庭院的綠色青苔，只有蝴蝶成雙作對飛過來。蜜蜂採花粉後，兩隻腳像蠶繭一樣腫大，應該是前山的鮮花已經盛開。

注釋

一、繭：蠶繭。

延伸閱讀

饒節原為官府幕僚，後出家為僧，自號倚松道人。

一六九、為亞卿作——韓駒

詩文

君住江濱起畫樓，妾居海角送潮頭。潮中有妾相思淚，流到樓前更不流。

白話文

你住在長江邊，蓋有彩繪樓房。我住在海邊，送走潮水。潮水中有我對你的相思淚，流到你的畫樓前，就不流了。

注釋

一、畫樓：彩繪樓房。二、妾：古代女子自稱。

延伸閱讀

韓駒，宋徽宗政和年間進士，主張作詩要廣泛取材。這首詩是他聽了朋友葛亞卿講述自己愛情故事後所寫。

一七〇、雨過——周紫芝

詩文

池面過小雨，樹腰生夕陽。雲分一山翠，風與（ㄩˋ）數荷香。素月自有約，綠瓜初可嘗。鸕鶿（ㄘˊ）莫飛去，留此伴新涼。

白話文

小雨下在池塘上，夕陽生在樹縫間。白雲分享一座山的翠綠，涼風裡有幾朵荷花的香氣。潔白的月亮在約定的時間自然升起，碧綠的鮮瓜可以開始品嘗。鸕鶿不要飛走，在這裡陪伴我享受涼爽天氣。

注釋

一、與：參加。二、素月：潔白的月亮。三、鸕鶿：水鳥名。

延伸閱讀

周紫芝，南宋高宗紹興十二年考取進士，年已六十一歲。

一七一、病牛——李綱

詩文

耕犁千畝實千箱，力盡筋疲誰復傷。但得眾生皆得飽，不辭羸（ㄌㄟˊ）病臥殘陽。

白話文

耕作千畝農田，讓穀物充滿糧倉。力氣沒有了，筋骨疲勞了，有誰傷心？只要天下百姓都吃得飽，我甘願瘦弱生病，臥倒在夕陽下。

注釋

一、犁：耕作。二、箱：糧倉。三、羸：瘦弱。

延伸閱讀

作者李綱，南宋高宗即位後，曾短暫出任七十七天的宰相，因力主抗金，被主和派排擠，下放地方。這首詩很明顯他以病牛自況。

一七二、夏日絕句——李清照

詩文

生當做人傑，死亦作鬼雄。至今思項羽，不肯過江東。

白話文

人活著應當做人中豪傑，死後應當做鬼中英雄。我到今天還想念項羽，他寧可烏江自刎，也不願回到江南。

注釋

一、鬼雄：鬼中英雄。二、江東：江南。

延伸閱讀

靖康之難後，北方淪陷於金人。李清照輾轉流浪在江浙一帶，這首詩是她對時局有感而作。

一七三、三衢道中——曾幾

詩文

梅子黃時日日晴，小溪泛盡卻山行。綠陰不減來時路，添得黃鸝（ㄌㄧˊ）四五聲。

白話文

黃梅時節反而天天放晴，在小溪划船後，再走山路。綠色樹陰不比來時的山路少，還多添了幾聲黃鶯悅耳的鳴叫聲。

注釋

一、泛：划船。二、卻：還、再。

延伸閱讀

三衢：今浙江衢縣。這首詩寫的是浙西山區春末初夏景況。

一七四、池州翠微亭——岳飛

詩文

經年塵土滿征衣，特特尋芳上翠微。好山好水看不足，馬蹄催趁月明歸。

白話文

整年塵土沾滿我的軍服，今天騎馬登上翠微亭賞花。好山好水還沒看完，愛馬就催促我，趁月明時趕回軍營。

注釋

一、特特：馬蹄聲。二、尋芳：賞花。三、翠微：亭名。

延伸閱讀

池州在今安徽省黃池縣。岳飛平時兵馬倥傯，難得抽空到郊外踏青，留下這首詩。

一七五、遊山西村——陸游

詩文

莫笑農家臘酒渾（ㄏㄨㄣˊ），豐年留客足雞豚。山重水複疑無路，柳暗花明又一村。簫鼓追隨春社近，衣冠簡樸古風存。從今若許閑乘月，拄（ㄓㄨˇ）杖無時夜叩門。

白話文

不要嘲笑農家臘洒混濁，去年豐收，家家戶戶都有足夠的雞豬招待客人。我經過無數的山巒溪流，懷疑前面沒有路了，想不到又進入柳暗花明的一個村落。春天祭神的日子快到了，到處吹簫打鼓。村民穿衣戴帽簡單樸素，頗有古風。從今天開始，只要我有空，會在月明之夜，拄著拐杖，隨時敲門拜訪農家。

注釋

一、臘：十二月。二、渾：混濁。三、春社：春天祈禱豐收的祭祀。四、無時：隨時。

延伸閱讀

陸游，南宋知名愛國詩人，家住越州山陰（今浙江紹興）。山西村是山陰的一個村莊。

一七六、楚城——陸游

詩文

江上荒城猿鳥悲，隔江便是屈原祠。一千五百年間事，只有灘聲似舊時。

白話文

長江邊的荒廢城市，現在淪爲猿猴野鳥悲鳴的地方，對岸就是紀念屈原的廟。一千五百年來，只有江水流經沙灘的聲音一樣，其他都已面目全非。

注釋

一、屈原：戰國時代楚國愛國詩人。

延伸閱讀

陸游曾在四川任官，宋孝宗淳熙五年（西元一一七八年）東歸，沿長江東下，抵達歸州（今湖北秭歸）時，寫了這首詩。楚城，戰國時代楚國都城遺址，在長江南岸。

一七七、書懷——陸游

詩文

早歲那知世事艱，中原北望氣如山。樓船夜雪瓜州渡，鐵馬秋風大散關。塞上長城空自許，鏡中衰鬢已先班。出師一表眞名世，千載誰堪伯仲間。

白話文

年輕時那裡知道世事艱難，北望中原，豪氣如山。我曾看到下雪的夜晚，大宋戰船停泊在瓜洲碼頭，也希望秋天騎著軍馬在大散關與金兵決戰。我曾經以「塞上長城」自我期許，可惜現在鏡中的我已經頭髮灰白。諸葛亮的出師表名揚後世，一千多年來，有誰能比得上他。

注釋

一、樓船：大型戰船。二、瓜洲：在今江蘇揚州境內長江北岸。三、渡：碼頭。四、大散關：在今陝西省西部，宋金軍隊曾在此激戰。五、塞上：邊塞。六、班：灰白。七、伯仲：伯，老大。仲，老二。

延伸閱讀

陸游寫此詩時，已經退休在家。想起早年大志，不覺悲憤填膺，所以詩題名爲書憤，意思是寫憤怒。

一七八、沈園其一——陸游

詩文

城上斜陽畫角哀，沈園非復舊池台。傷心橋下春波綠，曾是驚鴻照影來。

白話文

黃昏時，夕陽照在城牆上，號角聲令人感到悲哀。沈園幾次更換主人，已經不是原來的風貌。小橋下，碧綠的春水使人傷心，這裡曾經是映照我心上人美麗輕盈倩影的地方。

注釋

一、畫角：彩繪的號角。二、沈園：浙江紹興城南的私人庭園。三、臺：高而上平的建物。四、驚鴻：受驚飛起的鴻雁。形容體態輕盈的美女。

延伸閱讀

陸游二十歲時與表妹唐琬結婚，但婆婆不喜歡媳婦，逼陸游離婚。十一年後，陸游在沈園與已改嫁的唐琬夫婦偶然相遇。不久，唐琬鬱鬱而終。陸游懷念不已，寫了多首悼亡詩。這首詩寫於陸游七十五歲時，距沈園相遇已四十四年。

一七九、沈園其二——陸游

詩文

夢斷香消四十年，沈園柳老不吹棉。此身行作稽山土，猶吊遺蹤一泫（ㄒㄩㄢˋ）然。

白話文

你香消玉殞已經四十多年，即使我在夢中也找不到你的芳蹤。沈園裡柳樹已老態龍鍾，不再飄柳絮。我也行將就木，埋骨會稽山下。現在還來沈園憑吊你的遺蹤，怎能不老淚縱橫。

注釋

一、吹綿：飄柳絮。二、行：將。三、稽山：會稽山，在紹興東南。四、泫然：傷心流淚的樣子。

一八〇、示兒——陸游

詩文

死去原知萬事空，但悲不見九州同。王師北定中原日，家祭無忘告乃翁。

白話文

我本來知道人死了，萬事皆空，只是傷心中國沒有統一。將來大宋軍隊揮軍北上，平定中原的那一天，家祭的時候不要忘記告訴我。

注釋

一、九州：全中國。二、同：統一。三、乃翁：你們的父親。

延伸閱讀

這是陸游臨終前寫給兒子們的詩，他享年八十五歲。「愛國詩人」之名，當之無愧。

一八一、四時田園雜興之一——范成大

詩文

蝴蝶雙雙入菜花，日長無客到田家。雞飛過籬犬吠竇，知有行商來買茶。

白話文

兩隻蝴蝶飛入菜花田中，太陽升得很高了，沒有客人到農家來。忽然間，雞飛過籬笆，狗在牆洞裡叫，知道有流動商販來買茶。

注釋

一、竇：牆洞。

延伸閱讀

范成大被譽爲中國田園詩的集大成者。

一八二、四時田園雜興之二——范成大

詩文

晝出耘田業績麻，村落兒女各當家。童孫未解供耕織，也傍桑陰學種瓜。

白話文

白天下田除草，晚上在家搓麻，村中兒女們都各司其職。孫子們不懂得耕田紡織，也在桑樹陰下玩著種瓜的遊戲。

注釋

一、耘：除草。二、績麻：搓麻成線。三、當家：專心家業，主持家務。四、傍：靠近。

一八三、雪——尤袤（ㄇㄠˋ）

詩文

睡覺（ㄐㄩㄝˊ）不知雪，但驚窗户明。飛花厚一尺，和月照三更。草木淺深白，丘塍（ㄔㄥˊ）高下平。飢民莫咨怨，第一念邊兵。

白話文

早晨睡醒後，不知昨晚下了大雪，只是驚訝窗户很明亮。户外積雪一尺，三更時大雪和月亮互相映照。草木都覆蓋白雪，有的淺白，有的深白。高的山丘和低的田埂，也都被大雪覆蓋得一樣平。飢民不要嘆息抱怨，首先要想到的是戍守邊境的官兵。

注譯

一、覺：醒來。二、塍：田埂。三、咨：嘆息。

延伸閱讀

作者與陸游，范成大、楊萬里，並稱南宋四大詩人。

一八四、過百家渡——楊萬里

詩文

一晴一雨路乾濕，半淡半濃山疊重（ㄔㄨㄥˊ）。遠草平中見牛背，新秧疏處有人蹤。

白話文

天氣有時候放晴，有時候下雨。路上有時候乾，有時候濕。半淡半濃的山巒重重疊疊。遠處草原中，在草平的地方，可以看見牛背。新近插秧的水田裡，秧苗稀疏的地方，有農夫的腳印。

注釋

一、疊重：重疊。二、人蹤：腳印。

延伸閱讀

百家渡在今湖南省零陵線湘江邊。作者楊萬里曾任零陵縣丞（相當於副縣長）。

一八五、閑居初夏午睡起——楊萬里

詩文

梅子留酸軟齒牙，芭蕉分綠與窗紗。日長睡起無情思，閑看兒童捉柳花。

白話文

吃過梅子，覺得牙齒酸軟。芭蕉把翠綠分享給窗簾。白天漫長，午覺醒後感到無聊，閒著看兒童們在捕捉柳絮。

注釋

一、與：給。二、情思：情致、興味。三、柳花：柳絮。

一八六、小池——楊萬里

詩文

泉眼無聲惜細流，樹蔭照水愛晴柔。小荷才露尖尖角，早有蜻蜓立上頭。

白話文

泉眼緩慢流出清水，成爲一股細流，似乎珍惜它的每一滴水。樹蔭映照在水面上，好像喜歡春天的清明柔和。小小荷葉剛露出水面，早就有一隻蜻蜓停在上面。

注釋

一、泉眼：湧出泉水的孔或洞。二、晴柔：清明柔和。

延伸閱讀

這首詩是作者居吉州吉水（今江西吉安）時寫的，對夏日小池中微小景物觀察入微，充滿好奇。

一八七、過松源晨炊漆公店——楊萬里

詩文

莫言下嶺便無難，賺得行人錯喜歡。正入萬山圈子裡，一山放出一山攔。

白話文

不要說下山不難，這會讓行人空喜歡。正如進入群山包圍圈裡，一山放你出去，另一座山又把你攔住。

注譯

一、嶺：山。二、賺：贏。

延伸閱讀

松源、漆公店都是江西弋陽地名。經常登山的朋友，對這首詩，應該有相同的感覺。

一八八、桂源鋪——楊萬里

詩文

萬山不許一溪奔，攔得溪聲日夜喧。到得前頭山腳盡，堂堂溪水出前村。

白話文

群山不允許一條溪流急奔而下，把這一條溪流攔阻得日夜喧嘩。等到流到最後一座山的山腳下，這條溪流就堂堂正正的流出前村。

注釋

一、堂堂：莊嚴壯大的樣子。

延伸閱讀

古人說，防民之口，甚於防川。民國五十年代，由殷海光、雷震等教授發行的「自由中國」雜誌，就經常引用這首詩來爭取戒嚴時期的言論自由。

一八九、題臨安邸——林升

詩文

山外青山樓外樓，西湖歌舞幾時休。暖風熏得遊人醉，直把杭州作汴州。

白話文

山外有青山，樓外有樓。西湖岸邊歡樂場所的歌舞什麼時候停止？溫暖的和風把遊客吹得醉醺醺的，簡直把杭州當作汴州。

注釋

一、臨安：南宋首都，今浙江杭州。二、邸：旅館。三、汴州：北宋首都，今河南開封。

延伸閱讀

這首詩當然意在言外，一目了然。作者生平不詳，只有這首詩流傳下來，早已成爲千古名詩。

一九〇、春日——朱熹

詩文

勝日尋芳泗水濱，無邊風景一時新。等閒識得春風面，萬紫千紅總是春。

白話文

風和日麗的日子，我來到泗水邊踏青賞花，原野風景秀麗，萬象更新。我很容易就認識春天的樣子，到處都是萬紫千紅，美不勝收。

注釋

一、勝：美好。二、泗水：河流名，在山東中部。三、等閒：平常、容易。

延伸閱讀

朱熹不可能眞的到泗水濱尋芳，因爲山東當時是金人統治地區。孔子生前主要講學地點在洙水和泗水之間，朱熹在此只是象徵性寫法，結合春天和治學心得，讓人有無限想像空間。

一九一、觀書有感——朱熹

詩文

半畝方塘一鑑開，天光雲影共徘徊。問渠那得清如許？爲有源頭活水來。

白話文

半畝大的方形池塘像打開的鏡子，日光和雲彩一起映照在水面上。如果問我池塘的水爲什麼這麼清澈？因爲有活水從源過不斷流過來。

注釋

一、鑑：鏡子。二、渠：池塘。

延伸閱讀

人生要不停的多讀、多看、多聽，才有源頭活水綿延不絕的流過來。筆者退休前任教的學校——斗六市正心中學，舊圖書館牆壁上，就掛有一幅由前台大校長錢思亮書寫的觀書有感墨寶。

一九二、水口行舟——朱熹

詩文

昨夜扁舟雨一蓑，滿江風浪夜如何？今朝試捲孤篷看，依舊青山綠樹多。

白話文

昨天晚上下大雨，我睡在小船上，穿的蓑衣都被雨淋濕了。只聽到滿江風浪的聲音，不知道夜晚情況怎樣？今天早晨把小船的帳篷捲起來，向外面一看，仍然青山依舊在，綠樹遍原野。

注釋

一、扁舟：小船。二、雨一蓑：雨水把蓑衣全都淋濕。三、孤篷：小船的帳篷。

延伸閱讀

水口，地名，在今福建古田閩江邊。

一九三、秋月——朱熹

詩文

青溪流過碧山頭，空水澄鮮一色秋。隔斷紅塵三十里，白雲紅葉兩悠悠。

白話文

秋天夜晚，清澈溪水流過碧綠山腳下，天空與溪水一樣澄淨鮮明。這裡將滾滾紅塵隔絕在三十里外，白雲與紅葉都很悠閒自在。

注釋

一、頭：起始。二、澄鮮：澄淨鮮明。三、悠悠：安閒的樣子。

延伸閱讀

山中秋月，一片安靜詳和。

一九四、出山道中口占——朱熹

詩文

川原紅綠一時新，暮雨朝（ㄓㄠ）晴更可人。書冊裡頭無了日，不如抛卻去尋春。

白話文

河川原野到處繁花似錦，綠意盎然，到處氣象一新。黃昏時春雨綿綿，早晨陽光普照，風景更加可愛。學海無涯，永遠看不到盡頭，不如暫時把書丟掉，到野外踏青去。

注譯

一、抛卻：丟掉。

延伸閱讀

讀書郊遊都很重要，親身體驗就知道。書讀久了，身心俱疲，這時要走出書房，融入大自然中，恢復元氣。

一九五、絕句——釋志南

詩文

古木陰中繫短篷，杖藜扶我過橋東。沾衣欲濕杏花雨，吹面不寒楊柳風。

白話文

古木樹陰下拴住小船，拄著拐杖走過橋東。天空下著濕不了衣服的杏花雨，楊柳和風吹拂著我的臉孔。

注釋

一、短篷：小船。二、杖藜：用藜木做的拐杖。三、杏花雨：杏花開時下的雨，約在清明節前後。

延伸閱讀

志南法師是朱熹的好朋友，兩人經常往來。

一九六、鄉村四月——翁卷

詩文

綠遍山原白滿川，子規聲裡雨如煙。鄉村四月閒人少，才了蠶桑又插田。

白話文

山地平原全都綠油油，溪流在陽光照耀下，呈現白色。杜鵑啼叫聲中，細雨像煙霧一樣。四月的鄉村，閒人很少。農民忙完採桑養蠶，又要下田插秧。

注釋

一、山原：山地平原。二、子規：杜鵑鳥。三、了：結束。

延伸閱讀

作者翁卷，永嘉（今浙江溫州）人，一生平民。這首詩寫家鄉四月農忙景象。

一九七、悟道詩——佚名比丘尼

詩文

盡日尋春不見春，芒鞋踏遍隴頭雲。歸來笑撚（ㄋㄧㄢˇ）梅花嗅，春在枝頭已十分。

白話文

整天尋找春天，卻找不到春天。穿著草鞋走遍陝西隴山山區，拜師學佛。回來後用手指搓著梅花，然後聞一聞，笑著說，春天在梅花枝頭，已有十分。

注釋

一、芒鞋：草鞋。二、隴：隴山，在今陝西隴山縣西北。三、撚：用手指捏搓。

延伸閱讀

作者是一位尼姑，姓名已不可考。一般人的毛病是，貴遠賤近，向聲背實，近廟欺神。

一九八、約客——趙師秀

詩文

黃梅時節家家雨，春草池塘處處蛙。有約不來過夜半，閑敲棋子落燈花。

白話文

梅子黃熟時，天天下雨。長滿青草的池塘，到處都有青蛙鳴叫。約好朋友來家作客，已過了半夜，還不見他來。只有敲打圍棋棋子解悶，把燈花也震落了。

注釋

一、棋子：圍棋棋子。二、燈花：燈心灰燼。

延伸閱讀

作者永嘉（今浙江溫州）人，宋光宗紹熙元年（西元一一九〇年）進士。約客，約朋友來家作客。

一九九、寒夜——杜耒（ㄌㄟˇ）

詩文

寒夜客來茶當酒，竹爐湯沸火初紅。尋常一樣窗前夜，才有梅花便不同。

白話文

寒冷的夜晚，客人來了，以茶代酒招待他。竹殼小火爐裡，茶湯滾沸，爐火通紅。像平時一樣的窗前明月，一有梅花綻放就不一樣。

注釋

一、竹爐：竹殼火爐。二、才有：一有。

延伸閱讀

梅花會帶來疏影暗香。

二〇〇、村晚──雷震

詩文

草滿寒塘水滿陂（ㄆㄧ），山含落日浸寒漪（一）。牧童歸去橫牛背，短笛無腔信口吹。

白話文

青草長滿池塘，池水漲到堤岸。遠山銜著夕陽，投影在寒冷微波的水面上。回家的牧童，橫坐在牛背上，隨興吹著沒曲調的橫笛。

注釋

一、陂：堤岸。二、漪：漣漪。三、腔：曲調。

延伸閱讀

村晚，鄉村傍晚。作者江西南昌人，南宋度宗咸淳元年（西元一二六五年）進士。

二〇一、鶯梭——劉克莊

詩文

擲柳遷喬大有情，交交時作弄機聲。洛陽三月春如錦，多少工夫織得成？

白話文

黃鶯在柳樹與高大的喬木間飛來飛去，很像對樹林情有獨鍾。牠們不停鳴叫，像織布機發出的聲音。三月的洛陽城，應該一片錦繡如畫，黃鶯們要花多少工夫才織得成？

注釋

一、擲柳：穿過柳樹。二、遷喬：飛上喬木。三、交交：鳥鳴聲。四、機：織布機。五、鶯梭：黃鶯穿梭。

延伸閱讀

今天臺灣住在都會區的讀者，已不可能看到野生黃鶯。住在鄉下的筆者，有幸在童年時期經常看到黃鶯。黃鶯有兩個特色：一、外型秀麗。除眼睛及嘴巴黑色外，全身深黃色，體型介於斑鳩與白頭翁之間。二、鳴聲悅耳：跟其他鳥類不一樣，「黃鶯出谷」更被形容爲天籟。

二〇二、梅花——盧梅坡

詩文

梅雪爭春未肯降，騷人閣筆費平章。梅須遜雪三分白，雪卻輸梅一段香。

白話文

梅花與白雪爭論，誰比較能代表春天，誰都不服輸。詩人們也把筆放下，難以評量。我認爲梅花輸白雪三分潔白，白雪輸梅花一股香氣。

注釋

一、未肯降：不服輸。二、騷人：詩人。三、閣：擱。四、平章：評論。

延伸閱讀

梅花是我們的國花。把梅花與白雪相比，很有意思。

二〇三、遊園不值——葉紹翁

詩文

應憐屐齒印蒼苔，小扣柴扉久不開。春色滿園關不住，一枝紅杏出牆來。

白話文

主人應該是愛惜庭園裡青苔，怕被客人屐齒踩壞。我輕敲木門，很久都沒人開門。但是滿園的春光還是關不住，一枝鮮紅的杏花伸出牆外來。

注釋

一、憐：愛惜，、二、屐齒：木屐下方防滑木齒。三、不值：不遇。

延伸閱讀

紅杏出牆本是美事一樁，演變到今天已成負面成語。

二〇四、盱眙（ㄒㄩ　ㄧˊ）旅舍——路德章

詩文

道旁草屋兩三家，見客擂麻旋點茶。漸近中原語音好，不知淮水是天涯。

白話文

道路旁邊有兩三户草房人家，主人看到我來，立刻搗碎芝麻，泡茶招待。漸漸走到靠近中原地區，覺得當地人講話，語音很好聽，不曉得淮河已經是天邊了。

注釋

一、擂麻：搗碎芝麻。二、旋：立刻。三、點茶：泡茶。三、中原：黃河中下游地區，主要是陝西、河南兩省。四、淮水：淮河。五天涯：天邊。

延伸閱讀

盱眙，今江蘇盱眙。當時中原地區由金人統治。

二〇五、湖上──徐元杰

詩文

花開紅樹亂鶯啼，草長平湖白鷺飛。風日晴和人意好，夕陽簫鼓幾船歸。

白話文

樹上開滿紅花，黃鶯到處啼鳴。青草長得很高，西湖水面平靜，白鷺飛來飛去。風和日麗使人心情舒暢，夕陽西下時，吹簫打鼓的遊船紛紛歸航。

注釋

一、紅樹：開著紅花的樹。二、平湖：平靜湖面。三、人意好：心情舒暢。四、簫鼓：吹簫打鼓。

延伸閱讀

這首詩寫的是杭州西湖春天風光，令人連想到南朝、梁、丘遲的與陳伯之書中的名句：「暮春三月，江南草長，雜花生樹，群鶯亂飛。」

二〇六、山行——葉茵

詩文

青山不識我姓字，我亦不識青山名。飛來白鳥似相似，對我對山三兩聲。

白話文

青山不知道我的姓名，我也不認識這座青山。迎面飛來的白鳥似曾相識，對我和青山鳴叫幾聲。

延伸閱讀

山行，在山中行走。作者仕途失意，隱居姑蘇（今蘇州），平時遊山玩水。這首詩有莊子齊物論，「天地與我並生，萬物與我爲一」的韻味。

二〇七、四時讀書樂——翁森

詩文

山光照檻水繞廊，舞雩（ㄩˊ）歸詠春風香。好鳥枝頭亦朋友，落花水面皆文章。蹉跎莫遺韶光老，人生唯有讀書好。讀書之樂樂何如？綠滿窗前草不除。

白話文

山中柔和的陽光照著欄杆，綠水繞著迴廊。參加求雨祭祀後回家途中，歌頌春風中花草香味。枝頭上美麗的鳥兒是我的朋友，水面上落花是很漂亮的紋彩。不要讓美好的時光白白流失，人生只有讀書最快樂。讀書的樂趣像什麼呢？就像窗前不除的青草，綠意盎然，讓人心曠神怡。

注釋

一、檻：欄杆。二、廊：迴廊。三：舞雩：求雨的祭祀。四、文章：紋彩。五、蹉跎：浪費時間。六、韶光：美好時光。

延伸閱讀

作者是南宋末年理學家，博通經史，有「翁書櫥」之稱。宋亡後，隱居浙江故鄉，授徒以終。全詩結合自然景物與人生哲理，令人回味無窮。

二〇八、過零丁洋——文天祥

詩文

辛苦遭逢起一經，干戈落落四周星。山河破碎風拋絮，身世飄搖雨打萍。皇恐灘頭說皇恐，零丁洋裡歎零丁。人生自古誰無死，留取丹心照汗青。

白話文

我一生辛苦遭遇，開始於通過科舉考試後，得到朝廷重用。戰爭已經持續四整年，國家支離破碎，像狂風橫掃柳絮。我到處飄零，像大雨打在浮萍上。我曾在皇恐灘頭，訴說對國家命運的惶恐。在零丁洋上，感歎自己的孤苦零丁。自古以來，那一個人不會死亡，我希望留下一顆赤誠的心，照耀史冊。

注釋

一、一經：儒家經典。二、干戈：戰爭。三、落落：多的樣子。四、皇恐灘：在今江西省萬安縣贛江中一險灘名。萬安縣是台北市長蔣萬安命名的由來，因爲這裡是他父親蔣孝嚴出生地。五、零丁洋：在今廣東省中山市南方珠江口。六、丹心：赤誠之心。七、汗青：史書。

延伸閱讀

這首詩寫於南宋帝昺祥興二年（西元一二七九年），文天祥兵敗被俘，被元兵押解北上，經零丁洋時。文天祥是南宋理宗寶祐四年（西元一二五六年）科舉狀元。

二〇九、除夜——文天祥

詩文

乾坤空落落，歲月去堂堂。末路驚風雨，窮邊飽雪霜。命隨年欲盡，身與世俱忘。無須屠蘇夢，挑燈夜未央。

白話文

天地無限寬廣，時間大量流逝。在我生命晚期，經歷腥風血雨。現在身處邊疆，飽嚐冷雪寒霜。我的生命隨著年終即將結束，我已經把我自身與世事都忘記，不再有過年喝屠蘇酒的夢想。拿起燈火，深感長夜漫漫。

注釋

一、乾坤：天地。二、落落：高大的樣子。三、堂堂：莊嚴壯大的樣子。四、窮邊：荒涼的邊遠地區。五、屠蘇：酒名，古人過年全家人都要喝的酒。六、未央：未盡。

延伸閱讀

除夜，就是除夕夜。元世祖至元十八年（西元一二八一年），除夕夜，文天祥在燕京（今北京）監獄裡寫下這首詩，第二年他就殉國了。

二一〇、秋日行村路——樂雷發

詩文

兒童籬落帶斜陽，豆莢薑芽社肉香。一路稻花誰是主？紅蜻蜓伴綠螳螂。

白話文

夕陽西下，兒童在籬笆邊玩耍。路邊黃豆豆筴飽滿，薑芽冒出來，遠遠就聞到社肉的香味。一路上水稻開著花，誰是稻花的主人？原來是紅蜻蜓和綠螳螂。

注釋

一、籬落：籬笆。二、豆莢：黃豆莢果。三、社肉：祭土地神時供奉的肉品。

延伸閱讀

稻花主人居然是紅蜻蜓與綠螳螂，詩人想像力眞豐富。

二一一、題畫菊——鄭思肖

詩文

花開不並百花叢，獨立疏籬趣未窮。寧可枝頭抱香死，何曾吹墮北風中。

白話文

你不和百花一起開花，獨自在稀疏的籬笆旁綻放，自得其樂。枯萎時寧願緊緊抱著花枝不放，也不原被北風吹落地上。

注釋

一、不並：不在一起。二、疏籬：稀疏籬笆。

延伸閱讀

作者鄭思肖，原名不詳。南宋滅亡後，改名思肖，意思是想念趙宋（趙是走與肖兩字組合而成），隱居蘇州，終生不娶，坐不朝北，畫蘭不畫土，以示亡國之痛。

二一二、頌——無門慧開禪師

詩文

春有百花秋有月，夏有涼風冬有雪。若無閒事掛心頭，便是人間好時節。

白話文

春天有百花，秋天有明月，夏天有涼風，冬天有白雪。如果沒有煩雜事情掛在心上，就是人間美好時光。

注釋

一、閒：干犯、侵擾。

延伸閱讀

無門慧開禪師，俗姓梁，字無門，浙江杭州人。南宋孝宗淳熙十年（西元一一八三年）出生，南宋理宗景定元年（西元一二六〇年）圓寂。

國家圖書館出版品預行編目資料

古詩二百首／蘇志誠編譯．--初版.--臺中市：白象文化事業有限公司，2024.07
面； 公分
ISBN 978-626-364-358-1（平裝）

831 113006255

古詩二百首

作　　者　蘇志誠
校　　對　蘇志誠
發 行 人　張輝潭
出版發行　白象文化事業有限公司
412台中市大里區科技路1號8樓之2（台中軟體園區）
出版專線：（04）2496-5995　傳真：（04）2496-9901
401台中市東區和平街228巷44號（經銷部）
購書專線：（04）2220-8589　傳真：（04）2220-8505
出版編印　林榮威、陳逸儒、黃麗穎、水邊、陳媁婷、李婕、林金郎
設計創意　張禮南、何佳諠
經紀企劃　張輝潭、徐錦淳、林尉儒
經銷推廣　李莉吟、莊博亞、劉育姍、林政泓
行銷宣傳　黃姿虹、沈若瑜
營運管理　曾千熏、羅禎琳
印　　刷　基盛印刷工場
初版一刷　2024 年 07 月
定　　價　300 元